生活·认知·成长

青春励志故事

生活·认知·成长
青春励志故事

生活·认知·成长
青春励志故事

陪你走天涯

情愫卷

杨晓敏◎主编

地震出版社

图书在版编目（CIP）数据

陪你走天涯：情愫卷 / 杨晓敏主编 . —北京：地震出版社，2012. 6
（生活 · 认知 · 成长青春励志故事）
ISBN 978-7-5028-4057-0

Ⅰ. ①陪…　Ⅱ. ①杨…　Ⅲ. ①短篇小说 - 小说集 - 中国 - 当代
Ⅳ. ①I247. 7

中国版本图书馆 CIP 数据核字（2012）第 054948 号

地震版　XM2687

陪你走天涯——情愫卷
主　　编：杨晓敏
执行主编：马国兴　王彦艳
责任编辑：赵月华
责任校对：孔景宽　凌　樱

出版发行：地 震 出 版 社

北京民族学院南路 9 号　　邮编：100081
发行部：68423031　68467993　　传真：88421706
门市部：68467991　　传真：68467991
总编室：68462709　68721982　　传真：68455221
E-mail：seis@ mailbox. rol. cn. net
http：//www. dzpress. com. cn

经销：全国各地新华书店
印刷：北京振兴源印务有限公司

版（印）次：2012 年 6 月第一版　2012 年 6 月第一次印刷
开本：710 ×1000　1/16
字数：207 千字
印张：15
书号：ISBN 978-7-5028-4057-0/I（4735）
定价：28. 00 元

序

杨晓敏

好书是具有生命力的。一本好书，我们拿在手上，揣在兜里，或者放在枕边，会感觉到它和我们的心一起跳动。在日常的学习生活中，我们每天都在用最经济的时间、精力和财力，收获着超值的知识、学问和智慧，于是我们自己，就在一天天地充实厚重起来。

优秀的短篇小说，就是这样的好书。它是顺应现代人繁忙生活而发展成的一种篇幅短小的小说。跟一般小说一样重视场景、个人形象、人物心理、叙事节奏。优秀的作者可写出转折虽少却意境深远，或转折虽多却清新动人的作品。

现在，许多优秀的作者舒展超感的心灵触觉，用生花的妙笔，把小小说从文学神坛上牵引下来，在我们广大读者面前，展现出一幅幅五颜六色的生活画卷，或曲折离奇，或险象环生，或嬉笑怒骂，或幽默诙谐。于是，阅读一本小小说，就成了繁忙生活的轻松点缀，紧张学习的有效调剂，抹平了你我微皱的眉头，漾起了会心一笑的嘴角。

我们精心编选的这套“生活·认知·成长青春励志故事”小小说丛书，每一辑都包含了“悟性”“创意”“想象”“品味”“风尚”“情愫”六卷，并围绕这六个主题，选取当代国内知名作家的精品力作，各自汇编成书，具有强劲的文学感染力。篇篇都耐人寻味，本本都精挑细选，既是青少年认识社会的窗口、丰富阅历的捷径，又堪称写作素材的宝典。作品遴选在注重情节奇巧跌宕，阅读效果峰回路转、柳暗花明的同时，注重价值取向，旨在引导青少年全面、客观地认识社会，开阔视野和胸怀，提高综合素质，进而确立正确的人生观、价值观。

在这套书里，我们推荐给青少年读者的是充满活力的大众文化形态的小小说佳品荟萃。所选择的作品，尽量体现质朴单纯，而质朴不是粗硬，单纯不是单薄；体现简洁明朗，而简洁不是简单，明朗不是直白。它们是理性思维与艺术趣味的有机融合，是人类智慧结晶的灵光闪烁，是春风化雨滋润心灵的真情倾诉，是鲜活知识枝头的摇曳多姿，是青少年读者嗅得着的缕缕墨香。

知识没有界线，可以人类共享，只要是具有优良质地的文化产品，都能互补、渗透、影响和给人以启迪。任何一粒精壮的知识种子，播撒在人们的心灵深处，都会开出艳丽的花朵，结成高尚的果实。

青年出版家尚振山先生以极大的热情，独到的眼光，精心策划了这一套“生活·认知·成长青春励志故事”丛书，我和同仁马国兴先生、王彦艳女士应邀参与编纂，当然也愿意大力推荐给广大青少年朋友们。

2012 年春

陪你走天涯

contents 目录

马泉河的爱情	杨晓敏	1
青春故事	牧　毫	4
这一天	申永霞	7
雪地里的脚印	王庆高	10
惊　蛰	陈　毓	13
猎犬黑豹	陈力娇	16
老烟袋	江　岸	19
画　家	戴　涛	22
爱的名义	袁省梅	25
垃圾户	韩少功	28
口琴声声	田洪波	32

守住那份真情	孟宪岐	35
墨晶心	非花非雾	39
你会不会剥夏威夷果	田双伶	42
父亲的嘱托	杨　逸	45
爱的蛊	刘　玲	48
红灯笼，白灯笼	叶仲健	50
迟　到	李永康	53
不如一杯茶水温	安　宁	56
找路的人	马国兴	59
半个朋友	杨汉光	62
为一只狗手术	申　平	64
鹰　殇	晓　立	67
牵牛花开	徐水法	70
一块红烧肉	周　波	73
关于父亲的爱与恨	窦志星	76
父　亲	符浩勇	79
皮　靴	谢志强	82
梦中的红雨伞	马均海	84
快乐情人节	刘国芳	87
冬　逝	连俊超	89
红小豆	陈绍龙	92
你未老，我已衰	马　艳	94
锔　匠	杨海林	96
女人之爱	李愫生	100
让我带着你	刘　玲	102

醉秋风 廖玉群 103
老人和鸟 李永康 106
礼　物 牧　毫 108
那件事不可饶恕 陈力娇 110
锄头·风车 樵　夫 113
红　土 临川柴子 118
评　奖 戴　涛 121
蝴蝶哭了 非花非雾 123
爱人不在服务区 陈　毓 126
醉郎花 王庆高 129
义　犬 江　岸 133
心之雨 晓　立 136
我们陪着你 樊碧贞 139
家狗老黑 徐水法 143
苦水玫瑰 赵文辉 146
爱在流行时 谷　凡 148
请她来吃顿饭吧 周海亮 151
吃　鱼 张爱国 154
藤　椅 周　波 157
菊花枕 孙宏亮 159
白大妈和黑乌鸦 郑胜玲 162
高山流水 田双伶 164
到村庄寻找一个人 王新华 168
奖　章 刘金生 171
老薛的折腾 王　燕 173

爱情密码	马轶峰	175
初恋，不懂爱情	聂虹影	177
最后一次任务	武宁宇	179
一封情书	吴怀林	181
知　音	刘学铭	183
女囚身后的男人	纪　萍	186
覆舟唇男子	李　珂	189
肩　膀	李世民	192
报恩的豺	陈　毓	195
长城长啊	韩昌盛	197
从空而降的礼物	韩昌盛	200
弟弟南下去打工	邹当荣	204
母亲的“绝对隐私”	邹当荣	206
木匠的秋千	陈　毓	208
恰同学少年	巩高峰	210
温暖的交流	孙道荣	213
邂逅庞飞	徐慧芬	216
紫桑葚	高　军	218
最后的老驴	张国平	221
最美的音乐	张国平	225
陪你走天涯	卫宣利	228

马泉河的爱情

〇杨晓敏

河水锁在雪下面，无声流淌。

他把背包绳缠在腰上，然后咕咚咕咚喝了半瓶白酒，说："行了。"让另一名战士抓住绳头，他毫不犹豫地跳进冰河里。脚踩在不坚实的冰上，"扑哧"一声陷了，水立即浸到腰际，他皱皱眉，伸手便拖出一只半死不活的羊。

这是在马泉河中打捞牲畜的一个特写镜头。主人公叫谭仕虎，是渡河班的班长。

"班长，已经捞出一百多只啦，你上来休息一会儿吧。"岸上牵绳子的战士不知催了多少次。

谭班长没有回答。也顾不上许多了，河中的牛羊实在太多，把它们早救出一分钟，就可能多挽回一个生命。在高寒地区养只牛羊多不容易呀。

冈底斯山脉与喜马拉雅山脉终年积雪，是两座无与伦比的水晶山，在高原太阳强烈照射下，冰雪融化成亿万条涓涓细流，聚集成世界上海拔最高的一条大江——雅鲁藏布江。当时大地尚未完全解冻，泛着青白色的厚冰层依然凝结在河床边；河心却是另一番景象，汹涌的河水夹杂着冰坨发出哗哗的撞击声，摇荡而下，在阳光下闪耀粼粼波光。永恒的河水流不尽摆渡战士的情谊。

由于地质条件的限制，渡口始终单靠这么一条木船渡过往人员、车辆。几十块铁皮合成一条渡船，是数百里内过河的唯一水上交通工具。农牧民转换夏季牧场时，几乎每天要摆渡20次以上。百米阔的江水上，横一条钢缆，渡船的两个滑轮套在钢缆上，利用流水作用踽踽滑行。倘若遇到顶头风，就只有靠人来撑船了。这个渡口是世界上海拔最高的渡口。渡河班恐怕也是我军最小、条件最简陋的机械作业单位。谭仕虎率领他的两名战友——很多时间都是他一个人——在"一船两江河"的水面上，创造着奇迹。

渡河班风雨霜雪无阻，天天摆渡而从不收群众的船费和礼物，在方圆百里传为美谈。寒夜，江对岸只要传来石头与石头的撞击声，渡河班的哨棚里，准会很快亮起一盏灯。

谭班长指着墙壁上的玻璃镜框，自豪地对我说："渡河班荣立过集体三等功，年年都是团里的先进单位。"

我知道他曾下河救人、打捞牛羊数次，现在几乎全身关节都不健康，便问："你立过功吗？"

他稍显不自在，但还是向里间喊了声："哎，把小木盒拿出来。"原来室内藏娇，门帘一动，里间走出一个娴静的小媳妇儿，冲我点点头。

"她是小许，我的婆娘，来探亲的。"谭班长边介绍边打开小木盒。里面有两枚军功章，还有优秀党员证书和奖品。我不想过多了解他如何立功的细节，看到小许，很自然扯到边防战士的婚姻问题上。谭班长说："我是'志愿兵'，起初休假两次都没找到合适的对象。人家姑娘嫌我条件差，又在国境线上，见面时说我又黑又老，不愿嫁给我。"

"怎么小许会爱上你呢？"我问。

小许抿嘴笑了，打趣说："还不是让他龟儿子哄骗的。我哥和他是战友。他明着来拜访我哥，其实在打我的主意。我哥说他能写会画，多才多艺，人忠厚老实，问我怎么样。我说他是个西藏兵，穷得叮当响，还在那个什么'世界屋脊的屋脊'上，跟着他这辈子还不吃苦受罪！谁知谭仕虎竟当面给我解释说：‘我虽然是个西藏兵，但却是志愿兵，现在穿四个兜，出门不会丢你的人；再说也是大把从司务处领钱，将来同样安排工作。至于我们渡河班的那个地方，虽然冬天冷些，但夏天绝对不热。’当时我就耳朵一软，糊里糊涂地跟他结婚了……”

“没想到我还不错是吧？要不怎么会千里迢迢来探望夫君呢？西藏兵最讲的是情缘。”谭仕虎很乐意跟妻子嬉闹，又讲她如何在家操劳，看来这是挺幸福的一对。

站在流淌不息的大江边，我琢磨着西藏兵的情怀。和平时期，唯有在最艰苦卓绝的环境里锻炼成长，才配得上是天底下最俊美的男子汉。

青春故事

〇牧　毫

阿鸿的西瓜

阿鸿上学的地方在哈尔滨，他的家在安徽。这年暑假时，母亲把家里所有的现金都寄给他，让他回来过一个夏天。由于经济的关系，阿鸿有两年没有回家了。

在火车上，阿鸿看见窗外飞逝的景致，便全然忘记了车厢的闷热、拥挤及喧闹，一心一意想着母亲，于是窗外的景致都幻化成了母亲的白发了。他有些后悔，这次回家，竟没为母亲带东西。

车到济南时，阿鸿看见站台上到处是卖西瓜的人，一问，才两毛五一斤，比哈尔滨便宜两毛。于是他挑了一个最大的：十四斤八两。在座位上时，阿鸿怕把西瓜挤坏了，便抱在怀里，满是喜悦，脑子里想的就是把西瓜抱回家的情景，一颗爱心就在西瓜里了。

阿鸿在合肥匆匆忙忙地转上长途汽车，到家住的县城已是第三天，一下车，他就被满街的西瓜惊呆了，问价，才一毛五。于是阿鸿把西瓜抱得更紧，他感觉，世界上没有比这更珍贵的西瓜了。

当一家人坐在桌边，阿鸿颤抖着手切开西瓜时，一股坏西瓜的酸味冲了出来。一家人便默默地看着西瓜。良久，阿鸿把西瓜抱出去，扔到了垃圾堆。他差点想哭。那时，正是七月。

世上快乐的事真多，阿鸿正年轻，不久就忘却了这事。有一天，母亲病了，阿鸿把自己第一次的工资买了许多营养品来看母亲，母亲拉着阿鸿的手，提起那次买西瓜的事，脸上满是幸福的表情。

那天晚上，阿鸿流泪了。

天亮的时候

第一次看见她时是一个黄昏，她飞散着黑发，迎着微风，笑着。他感觉自己整个被她吸引住了，心里像有什么东西在融化。

那一晚他再也不能安宁，辗转了一夜，写了一首诗："看见你时/世界便全暗了。"以前他是从来不写诗的。第二天，他把这首诗寄给了她——只是没敢写上自己的名字。

于是，他便开始了没有希望的等待。每天黄昏，守候在路口，注目着每一个黑发。她却依旧爱笑，依旧天真，不对他多望一眼。这不免使他有些伤心，但那一头飘动的黑色波浪又激动了他。

每天，他都等待黑发，等待烈火的煎熬，风雨无阻。有时，他都为自己感动了。他又开始写诗："黑发，你温柔的面庞/黑发，你如水的双眸/黑发，你多情的双唇/黑发……"

有一天小雨，黑发从这经过时，他正在树下发抖，黑发望了他一会儿，说："送送我。"

他很奇怪，自己并没有想象中那么激动。路上，黑发讲了很多话，他更多的却是沉默。

回去后，也许是淋了雨的缘故，他生了一场病。病中，他又写了一首诗，题目叫做：《天亮的时候》。

初恋的印象

夏天，一个大城市的远房亲戚来他家。那亲戚是个姑娘，二十多岁，穿着淡青色的连衣裙。

“连衣裙”长得好美，身材修长，一条油黑的大辫子，两只水汪汪的大眼睛总是带着笑意，好像会说话一样。

那段时间，他以为“连衣裙”是天下最美的了，甚至不敢正视，总是躲在旁边，偷偷地看几眼。

一天，“连衣裙”唱起歌来，李铁梅的唱段。那嗓子像清泉在山间流过，他不由自主地走到“连衣裙”身边。“连衣裙”笑着拉住他：“你会唱歌吗？唱一个给我听听好不好？”

他想了想，唱起《莫斯科郊外的晚上》：“长夜将过去天已微微亮，衷心祝福你……”

“连衣裙”打断了他的歌声，很严肃地说：“这是黄色歌曲，不好唱的。”

“连衣裙”眼睛里的笑意不见了，粉色的脸蛋变得通红，他默默地走开了。

第二天，“连衣裙”要回家了，他们全家都要送她。他躲在小阁楼上。他听见“连衣裙”喊他的声音。他一动不动。后来，听见他们出门了，才趴在小阁楼的窗子上，望着那淡青色的背影越走越远，几行热泪流了下来。

那一年，他正好九岁。

这一天

〇申永霞

这一天和每一天都一样。其实，每一天都和每一天一样。刷牙、洗脸、梳头。临出门前上趟厕所，为了路上周身舒泰，系完鞋带再上一趟厕所。

可是，出了门，还是发现有些不一样。小店早早地开门了，太阳早早地挂在天上了。平常这个时候寂寞的小胡同一下子人多起来了。空气中多了一种荷尔蒙的味道。呵呵。江摩尔终于忍不住笑了两下。她想起来了，今天是情人节。

一个新生的、越来越让人喜欢和接受的节日。一个粉红色的日子，一个性感的日子，一个抒情的日子，一个与平日不一样的日子——对于某些人来说。就连江摩尔，也感觉有些不一样。她赶紧打开了手机，就像有人要急着给她打电话发短信一样。可不，刚打开，手机就响了。江摩尔低下头，一个陌生的电话，但传来的却是儿子的声音，江摩尔很生气地挂断了电话。是儿子忘了带作业本。江摩尔恼恨地想：活该！

若是平时，江摩尔不会这么做。可是，这一天她绝不会去给儿子送作业本。这一天，总得和平日有点不一样。可不是有点不一样，她差点都忘记了自己还有个儿子。她觉得自己很年轻，很快乐，有一种很久都没有的新鲜感觉。

来到单位，江摩尔还是兴致勃勃。她觉得她今天这么兴致勃勃，肯定

"有一点事"要发生，肯定与一个男人有关，"至少也是一个电话"。

江摩尔兴致勃勃地度过了一个上午。这个上午她去厕所照了三次镜子，镜子告诉了她三遍：你很年轻。中午到了吃饭的时间，江摩尔注意到：今天，公司里的女孩都特别妩媚，个个脸上像上了一层胭脂一样，嘴唇上也像上了一层胭脂一样。江摩尔注意到她们的手里都装个手机。每一个手机里都有一个甜蜜的秘密。江摩尔仿佛看见那些秘密都要扑扑地跳出来说话了。江摩尔很想给她们说些什么。可是，江摩尔一说话，"情人节"这仨字还没有吐出来，那些年轻女孩们的脸一下子就红了，红过之后，她们就什么也不愿多说了。仿佛秘密就藏在口边，一张口就让别人看见了一样。

江摩尔正有点不解，另一群人叫住了江摩尔。她们，黄黄的脸，胖胖的脸。平日，江摩尔跟她们在一起，没觉得她们这么难看。现在，她觉得她与她们是那么的不合群。她今天很年轻，她今天的心情也很年轻的，她感觉到今天会有一点"年轻的"事发生。所以她现在特别愿意跟年轻的人在一起。好像，她自己还有点害羞，还有些不好意思，那些年轻的女孩会用眼神安慰她说：没关系，我们都这样，这样很正常。可是，根本都不是这样，她们悄悄地说，悄悄地笑，悄悄地丢眼色，好像要躲开她一样。

江摩尔有点不高兴了。

还没到下班时间，那些年轻的同事、鬼鬼祟祟的同事一个个提前消失了。江摩尔的手机像是死了一样，她清早坚信的"至少一个电话"一直没有打来，肯定"有一点事"的"事"也无影无踪。到了下班的时间，她不能再等。她要回家了。

她走到车站。突然眼睛就不动了。她看到一对中学生模样的男孩和女孩，在站台上紧紧相拥，男孩的眼神，呈现出男人在"那种时刻"才会呈现的眼神，女孩的手里拿着一枝玫瑰花，脸上呈现出在"那种时刻"才会呈现的柔情。可是，当她仰起脸来时，江摩尔替她遗憾了一下，女孩长了

"地包天"的嘴。但是——一个年轻的"地包天"。因此，在情人节这一天的傍晚，仍然有人拥着，有人献花。

她从车站里出来。来到天桥，看到桥上站满了人，站满了卖玫瑰花的人。玫瑰花个个肥胖得惊人，看上去像是个个可以吃的样子。天桥的下面是所大学，因此卖花的个个都是学生的模样。他们挤在一起，笑着，闹着，叫着。"卖花……卖……花。"江摩尔心想，哪儿像卖花的样儿。

手机还没响。手机是不会响的了。"至少一个电话"的想法是很令人可笑的了。江摩尔继续往家走。天已经有些黑了。江摩尔走到清晨路过的小巷，看见一个单薄的男孩正在花店前踌躇。但他终于什么也没买，让那个想抓住这个夜晚最后赚一把的秃顶老板失望了。清丽的女孩走在前面，可能有点微微的失望。但是，江摩尔在心里安慰道：没关系，你们还年轻。年轻就是机会，就是爱，就是一切。

江摩尔这一天，看到了各种各样的风景，看见了各种各样的笑脸，各种各样、肥得让人忍不住想吃的玫瑰花。此刻，快到家了，她的心情很复杂。她的内心很惆怅。

她把手机关上了。

她把自己的心，也关上了。

雪地里的脚印

〇王庆高

北风呼号，大雪飘飘。原野一片银白。

那是1976年农历腊月三十的上午，父亲伫立在通往村庄十字路口的一旁，两目炯炯有神地向远方张望。他在等待在部队工作的我回家过年。北风像无数只利爪，无情地撕扯着他的衣服。鹅毛般大小的雪片，调皮地往他的衣服领子里钻。他紧了紧棉衣外边黛青色的布料腰带，围了围衣领，屹然伫立着。他已经成了雪人，但他并不去拍打身上的积雪。他喜欢这场大雪，他是个农民。“瑞雪兆丰年”，他懂。可是，这会儿他又担心雪下得太大，把路下得不能通车。他心里默默念叨着：冰天雪地的，儿子你在哪儿？在部队还是在路上？你说要回来过年的啊！这天气你还能回来吗？天啊，你给我儿子留条路吧……

是的，我是说过春节回来的。那年腊月，我给父亲写信说打算春节回家过年。可究竟哪一天能回去我说不准。一进腊月二十三，祭灶了，就有了年味儿。父亲就开始等啊盼啊，盼着我回来。年根儿的事情多，家家户户忙年。我姊妹多，母亲又有病，父亲又当爹又当娘的，他比别人忙得多。即使这样，他每天傍晚都去通往村里的十字路口站一会儿等一会儿，期待着儿子回来。他从腊月二十三起一天不落，一直接到大年二十九，还没有见到我的踪影。

变天了。这天后半夜悄然下起了大雪。父亲睡不着了。父亲知道，这一年就剩最后一天了。这一天我回不来，就不会回家过年了。可偏偏遇到天气骤变。父亲更加上心。他吃过早饭，把鸡和刀肉炖上，又安排妹妹做扁食馅儿，自己冒着大雪，满怀希望地到村十字路口接我。

风使劲地吼，雪不停地下。父亲的脚冻得麻木起来。他就不停地跺脚驱寒。跺着跺着，脚下成了一对儿冰坨窝子，留下了深深的一双脚印。他不想离开那个地方，他在等他的儿子回家过年。

可是，等到了中午，除了风声雪影，他什么也没等到。突然，“伯，你回家吃饭吧！”他以为是儿子不期走到他的面前，唤他回去。他定睛一看，是女儿叫他。他无奈地跟女儿回了家。

吃了午饭，他一个人又走了出来。洁白洁白的雪路上，又留下父亲一行大大的脚印。只可惜，那脚印只存在一会儿，就像先前踏过的脚印一样，被大雪荡涤得无影无踪。

他来到十字路口，搜寻他踏过的雪窝子。雪窝子已被大雪覆盖，但还是浅浅地留下了痕迹。他依然重复地踏在那对雪窝上，生怕错过什么似的。他觉得站在老地方会等到儿子回来过年。

他站在冰天雪地里等啊盼啊，一直等到家家户户挂出了红灯笼，炸响起迎新接福的鞭炮，他才对来接他回家的妹妹喃喃地说，你哥过年可能回不来了。

那一年我真是没有回成家。本来领导批准我回家过年的。可是到了年根儿，部队又有了紧急任务，就取消了我的休假计划。我只得顾全大局执行任务去了。当时又没个电话，更没有手机，没办法马上通知到父亲。待我的信辗转到了家里，已经是翌年的正月初几了。

晚上，父亲还不死心。妹妹们都困得睡觉去了，父亲一个人坐在煤火台上，守着岁等我回家。直到深夜零点，鞭炮声爆起，新年的钟声敲响，父亲才自言自语地说：“一夜连双岁，五更分二年。今年是不会回来了啊！”

我的休假农历正月底才成行。这次我没写信预告。我揣摩年头的那封信一定惹了祸。我冷不丁地到了家，给父亲和全家人一个惊喜。父亲喜得急忙去翻腾过年给我留下的好吃的。妹妹在一旁嗔怨我说，你可叫咱伯等苦了，他在雪地里等你的脚印还没化完哩！

第二天，我特意去路口找父亲的脚印，大路两旁的积雪还没有化完，父亲那双冰坨子脚印真是黑亮亮的还在。我心潮涌动着踏上父亲那双脚印，仿佛还能感觉到父亲身上的温度。我禁不住落下泪来。

惊　蛰

〇陈　毓

春江水暖鸭先知。岸上的春天，定是猫先知道的，和暖想。猫第一次叫春的时候和暖在心里笑话猫：真不知羞，几天的猫娃，就知道叫春了！

猫是秋天赭石从江北外婆家抱来的，抱来时猫刚满月，赭石说猫是老二。猫妈头胎生，生了仨。“头虎二豹三猫四鼠”，这猫英武呢，就叫豹子吧！和暖就“豹子豹子”地唤猫，猫抬起黑亮的脑袋，盯住和暖的眼睛，赞叹一般地叫：“妙（喵）！”相见欢。猫与和暖似乎都很满意对方。

现在，这个家的成员有：赭石，和暖，一只叫豹子的猫和叫大白、二白、三白的三只鸭子。

转年的春天，赭石沿着门前那条弯弯的、开满黄的油菜花紫的苜蓿花的花间小径走了。和暖看扛着行囊的赭石走在花径上，心里忽然涌上难以言说的惆怅。她知道赭石要走到汉江边，过江，再等一趟长途车载了他到火车站，再坐上火车，到那个叫康城的地方，去那里的一个建筑队当工人。

赭石只让和暖送他到家门口。赭石说，这样我就能记住你站在咱家门口等我的样子了。两人对话，赭石的声音总是软软的柔柔的。赭石的话和暖总是爱听的，这也是她在一大堆求婚的男人中挑中了赭石的理由吧。

“咱们的好日子刚开始，晚一年再出去，行不？”和暖问赭石。

“迟早要出去的。年轻人都出去了。”赭石说。

"趁现在还没孩儿，攒点钱，等咱有了孩儿，我就不出去了。"赭石又说。

和暖想也对。蓝水河那些外出打工的年轻人都把孩子托给老人看管，而她和赭石的父母都不在世上了。

和暖出神的工夫就看见赭石的身子在一个转弯处一晃，不见了。和暖一阵心跳，一阵心慌，然后脑子里空空的，心里空空的。和暖又在柑子树下站了吃完一碗饭的工夫，知道站在那里再也看不见赭石了，就退回到院子里。和暖要给自己找点活儿干，来止住突然多出来的这片空虚，使这空虚不再延展，毕竟她的空虚是有甜美的企盼来填补的，毕竟她和赭石共撑的这些日子是她想要的好日子呢。

大白二白三白在傍晚自觉归来，今天它们似乎也知道男主人外出不在家，格外听话，没让女主人费一星唾沫就乖乖进了鸭棚。猫更是乖觉，猫在夜里该熄灯的时候跳上床尾，猫看了看和暖的脸色，见女主人没有呵斥自己的意思，就心安理得地把身子安置在那里了。和暖在夜里醒来，听着猫细细的呼吸声，感觉着脚底被猫身压着的分量，和暖会故意蹬一下腿，把猫蹬醒。偶尔月光入窗的夜晚，和暖看见月光在猫的黑毛衣上照出一片粼粼波光，禁不住在心里感叹一声：真是只俊猫啊。

现在，赭石走时开花的油菜和苜蓿都结了饱满的籽，被和暖收获归仓了。在小鸟一声紧似一声的叫唤声里，后坡的小麦也晒到院场上了。忙着收获的和暖除了干活，喂饱自己和猫鸭，就是把充满疲惫的身子再歇息过来，而一旦身体像吸足了水分的植物那样饱满舒展的时候，和暖会那么深那么狠地想念赭石。

日子如庄稼地，种下什么，随后是穿越季节的等待和盼望——等待生长，盼望收获。当风把后坡上的槲树叶吹红的时候，赭石还没有回来。和暖知道自己还要再等一个季节，赭石回来会是临近年关。一年回来一次，蓝水河外出的人总这样，就像候鸟。只不过，鸟归来是在晚秋，人归来是冬天过年的时候。

和暖在冬至那天开始给赭石做鞋，和暖以往没有做鞋的经验，她和赭石的鞋都是赶集时在蓝水镇上的商店买来的。

但是这个冬天，和暖那么渴望给赭石做一双鞋，她依赭石的一双旧鞋剪出鞋样，她要全部手工做一双布鞋给赭石。和暖坐在炕上给赭石纳鞋，把她的想念密密缝进针脚。她算好了，无论多精细的手工，中间有多少耽搁，鞋都会在腊月赶在赭石归来前做好。她要让带着自己手上温度的柔软的布鞋去体贴赭石那双攀高走低的脚。

一天早上醒来，和暖发现下雪了。下雪在蓝水河的冬天很罕见，但是接下来雪天天下，一下就是很多天。这真是稀罕！和暖最初看见雪的欢喜慢慢变成了担忧，她担心大雪会阻隔赭石归来。那些天和暖天天看电视里的天气预报，得知康城也在下雪，和暖就忧愁就睡不着觉。康城的天气时好时坏，和暖的心情也时好时坏。尤其是做梦梦见赭石被堵在路上，前不着村后不着店的时候，和暖就会从梦中惊醒。醒了，就想赭石在外奔波，吃了很多的苦，自己没法分担，就自责，就落泪。

这个夜晚，和暖再次从梦中惊醒。伸腿蹬床尾，发现猫不在。猫去哪里了呢？和暖从枕上抬头，同时隐约听见院墙上有响动，心下一惊，正疑虑间，就听见一声急促的猫叫，叫声惊得和暖在枕头上哆嗦了一下。猫分明是在叫春了。和先一次比，猫的叫声简直算嚎。

和暖慢慢推开木格方窗，想要唤猫回来。刚把一扇窗推开，猫冲着身后的灯光更大地嚎了一声。没等和暖喊出声，一道黑亮的光一闪，猫跳上了墙。猫在墙头稍作停留，随即翻身到墙那边去了。

和暖呆了一呆，就看清了雪花。

猎犬黑豹

〇陈力娇

猎犬黑豹已经三天没有吃东西了，科考队员小吴守候在它身旁。南极的风太凛冽了，它们无情地撕破了小吴的睡袋，刮走了小吴为黑豹疗伤的药品和绷带，也把猎犬黑豹的缕缕绒毛掠向了天空。

黑豹是为救护小吴受伤的。那天他们一行七人从二号营地到三号营地，途中意外地遇上了冰壁滑落。冰体山呼海啸地来临时只有小吴在一座雪坡上，他是去寻找一处平坦避风的场所，为科考队的小齐寻找一片迎接女红来临的地方。小齐是科考队唯一的女同志，曾经是红极一时的登山运动员，退役后就一心投入了南极考察。

黑豹本是该跟小吴去的，它平时和小吴形影不离。但它迟疑了，它敏锐地感觉到了什么。科考队员们看到，黑豹在原地打转，就好像自己在找自己的尾巴。就在这时，大家听到一声脆响，一道冰浪自天而降，黑豹像一道飞箭一样射向了小吴。

九死一生的小吴被黑豹救了，黑豹却摔掉了两颗牙齿，折断了一条后腿。小吴告诉大家，冰浪把他掀倒那会儿，他落到了雪坡的另一头，如果不是黑豹及时咬住他的衣服，并把自己的一条腿插在冰隙里，小吴必死无疑。

大家都震惊了，聪明的黑豹是依靠冰隙固定住自己，才使自己的力量能与冰浪抗衡。

黑豹为此付出了代价，伤口感染让它持续三天高烧不退。

科考队停止了前进，不是为黑豹的负伤，而是黑豹的壮举让他们发现了横亘在前方更大的敌人，那就是冰隙。

冰隙是南极科考队员们最大的天敌。冰隙有大有小，大的深则一千多米，浅的也有几百米，它们像隐藏在冰面上的稻草，一般情况下不易察觉。人或车一旦不慎掉下去，它们就会像鳄鱼嘴一样迅速合拢。黑豹救小吴遇到的是小冰隙，也是黑豹聪明，它扑在了雪地上，不然那冰隙的嘴对黑豹也一样不客气。

第四天早上，黑豹吃了一点食物，是小吴哭了它才吃的。小吴说，黑豹你吃一点吧，我要走了，不能陪你了，我们要去寻找陨石，你不吃东西哪来力气跟我们走呢。

一直昏睡的黑豹在中睁开了眼睛，他听明白了小吴的话，就勉强吃下小吴塞在它嘴里的饼干。黑豹吃了东西后仿佛有了一点力气，它深情地把头埋进了小吴的怀里。小吴感觉到它不像前几日那么热了，可是看上去依旧有气无力。

小齐来叫小吴。小齐说队长说了，一会儿就出发，队长说我们就是一寸一寸排除冰隙，也要在明天早晨到达三号营地。小吴一听忙问，那黑豹呢，黑豹这个样子怎么能走得动？小齐说，队长就是让我来告诉你，放弃黑豹。

黑豹似乎听懂了小齐的话，它一下从小吴的怀里抬起了头，试着要站起来，可是它太虚弱了，它的腿几次都没听使唤。

小吴满腹怒气，他在打点行装，他无论如何也要把黑豹带上。

队伍集合了，一行七人整装待发。队长胜彼来到小吴面前，他拍拍小吴的背包，说，怎么着，把睡袋换成黑豹了，以后的日子你就睡黑豹吗？队员们哄地笑了。小吴没笑，他嘟着嘴，说，反正我活着黑豹就得活着。队长胜彼脸色一变，说，我以队长的名义命令你，放下黑豹，保存体力，寻找陨石，准备出发！

面对命令，小吴没辙了，他从背上解下黑豹，像放孩子一样把它放在冰地上，还不放心，就又把自己的一件红色羊绒衫给它铺上，然后留下了足够它吃的食物。

队伍离开了，黑豹起初仍想站起来跟着走，可当它发现自己的想法不能成功时，它流下了眼泪。小吴回头的当儿，黑豹的泪水刚好滑过细细的绒毛，像豆粒儿一样滚了下来。

小吴向黑豹奔去，三十岁的大男人抱着一条狗失声痛哭，科考队员都停了下来，都在看着这对生死之交。队长胜彼没有催促小吴，这条硬汉子此时能做的，就是给小吴和黑豹一点告别的时间。

这时包括胜彼在内，所有的队员都看到，和小吴像兄弟一样抱作一团的黑豹，似乎使出吃奶的力气，奇迹般地站了起来。队员们都松了一口气，也许是生死离别让这头猎犬产生了非同寻常的力量。

可是大大出乎队员们的意料，黑豹站起身后，看都没看他们一眼，就一蹦一蹦地向相反的方向离去，它走得趔趔趄趄，却没有回头。

队长胜彼率先离开，队员们也跟着离开……

又一天的早晨来临了，南极出现了少有的好天气。就在队员们经过艰难险阻快到三号营地时，小齐突然高喊，你们看，黑豹！队员们向着小齐手指的方向看去，看到三号营地的雪坡上，高高站立着赫然醒目的黑豹，它嘴里衔着那件红色羊绒衫，耀眼的红色火焰一般燃烧在南极洁白如玉的背景之上。

胜彼落泪了，队员们落泪了，只有小吴像傻了一般笑着，他说，黑豹，哥们儿，没忘了带着我的羊绒衫呢。

老烟袋

〇江　岸

我到红军干休所采访，拜望了老英雄孙志东。我由衷地表达了敬意，他却摆摆手，低着头抽烟，含混地说，我不是英雄，我是罪人。我早就应该死了。

我大吃一惊，不知说什么好，目光落在他叼着的老烟袋上。金属的烟袋锅有小酒盅大小，被天长日久地烟熏火燎，已经辨不出原色，水竹的烟袋杆紫红发亮，看起来像一个出土文物。

过了许久，老英雄抬起头来，瞪着我说，这个事情不说出来，我死不瞑目——

我参加红军不久，遇到国民党部队的反扑，我们坚持游击战，和敌人兜圈子。有一天夜里，我们在一个叫做黄泥湾的庄子宿营。我们班七个人在班长刘大麻子的带领下住进一个堡垒户家里。刘大麻子是湖北麻城人，以前是个铁匠，红军经常找他打大刀梭镖，混熟了，他也参加了红军。他这人什么都好，就是脾气太暴，嘴臭，把他惹急了，什么丑骂什么。我们班的战士倒都不怕他，关系处得都很好。他烟瘾大，除了肩上的枪，和他形影不离的就是他腰里别的烟袋锅子。有时行军打仗没有烟叶，他就把枯树叶揉碎了抽，不但他自己抽，还让我们抽。谁不抽他就骂谁，用烟袋锅子磕人家脑袋，说人家白做男人了，跟个娘儿们似的。你看我噙着烟袋杆儿，以为我抽烟吧？其实不是，我抽的就是枯树叶。好了，扯远了。

第二天天麻麻亮，部队集合，马上要转移。房东大叔一把从队伍里拉住了班长，不让走。原来，半夜里，有人糟蹋了他的闺女。

这还了得！红军是老百姓自己的队伍，这样做，和白狗子有什么差别？

连长挥舞着驳壳枪，指着班长的脑袋骂，刘大麻子，限你十分钟，把这个败类揪出来！

班长把我们六个人带到一边。他用烟袋锅子在我们每个人脑袋上磕一下，凶巴巴地骂，你们谁干的？有种的站出来！

每个人都慌乱而紧张，大家互相观望着，没有人说话。

时间飞快地过去了几分钟。

连长怒吼，刘大麻子，找到了没有？

时间不等人，必须在部队转移之前对老乡有个交代。班长虎着脸，一个一个问：

张发旺，弟兄几个？

就俺一个。

杨绪升，弟兄几个？

俺家五代单传。

孙志东，弟兄几个？

一个。

罗延庆，弟兄几个？

俺哥死了，就剩了俺。

崔友恒，弟兄几个？

俺爹没有儿，俺是俺爹抱养的。

汪秉富，狗日的小蛮子，你就弟兄再多，也不能冤枉你。你他妈才14岁，还不懂这个。就俺大麻子该死，上面有哥，下面有弟。俺去替你个混蛋顶死了，你他妈的有良心，以后给老子多杀白狗子……

讲到这里，老英雄孙志东哽咽了，眼泪流了出来。他的手颤抖着，想往烟袋锅里填细碎的枯树叶，可是，手抖得厉害，几次都没有填进去。终于，他抱着老烟袋呜呜地哭起来。

画　家

○戴　涛

画家对美天生就有一种敏感。当他来到这个世界，睁开眼睛时就对着墙上的画痴痴地看，然后又痴痴地笑。画家小时候长得很可爱，于是就有不少的男女想去抱他亲他。画家见到漂亮的女孩儿和阿姨，便会主动伸出小手并将小脸也贴上去，如遇长得困难的，他不是瞪着小眼作愤怒状，便是号啕大哭地赶人家走。

画家开始会走路了，他便勇敢地爬上桌子，不拿别的就拿笔，拿到了笔便画，不画鸡不画猫，就画各种姿态的小女孩儿，画得墙上地上到处都是，于是招来父母的痛打，可他却不怕打，照画。渐渐地，他的父母发现他画的小女孩儿还真像回事，就说，你就干脆学画画得了，看你能不能画出点儿出息来。

后来画家真的画出了点儿出息，考进了省里的美术学院。在艺术的殿堂里，他懂得了诸如和谐、统一、对称等理论，他便将那些可爱的女孩儿画得更加完美，更加富有韵味。

一天，画家背着画夹到郊外去写生，当他走进一片桃树林时，突然被眼前的景色迷住了。一个女孩儿坐在桃树下的草地上，那女孩儿长得竟跟他儿时画的女孩儿一模一样。她此刻双手托腮，凝神地看着盛开的桃花，粉红色的脸颊与粉红色的桃花相映相辉，他看呆了。过了好长时间，他突然意识到这是一幅画，一幅绝妙的画。于是手忙脚乱地开始动作起来，忙乱中将画夹掉到了地上，这响声惊动了女孩儿。她警觉地扭过脸来看着他，当她听完了他的解释，女孩儿很温柔很腼腆地朝他笑笑，重新摆好了刚才的姿势。

这幅画整整画了一个星期，画好后他忽然想起了什么，问女孩儿："你怎么不上班?"女孩儿说："我向厂里请了假。"画家听了很感动。

画家将这幅画取名叫《人面桃花》，作为他的毕业作品，参加学院的展评，得了一等奖，学院又将它送到全国美展，居然得到许多美术界权威的赞赏。这幅画将画家送上了成功的道路。

同时，这幅画又成了画家与那女孩儿的月老。

婚后，每当画家看看娇妻艳如桃花的脸，心灵上总会产生一种剧烈的颤动，这颤动又刺激着画家无比的创作欲望，他以妻子为原型的画喷薄而出，源源不断，而且这些画在全国大赛中屡屡获奖。

他成了名副其实的画家，成了画家的他想创作出更多更好的作品来，于是他更加注意观察妻子的种种神态，可他慢慢地发觉，妻子的神态不再像从前那么动人心魄，充满神韵，有时竟显得非常平庸与粗俗，更糟的是妻子的脸也不再艳如桃花……

画家好失望。

画家的创作灵感没有了，画家觉得很痛苦。

画家决定背起画夹去追寻新的美丽、新的灵感，妻子问他什么时候回家，他说不知道。

妻子哭了。

画家毅然跨出了家门。

画家在江南水乡画倚着小石桥、荡着小木船的女孩儿，在塞北草原画骑着骏马、抱着小羊羔的姑娘，画家仿佛又回到了创作力旺盛的过去。可令他百思不得其解的是，画了这么多的作品竟然没有一件能够超越他的《人面桃花》。

这天下午，天下起了雪，画家在回旅馆的途中，发现有个老人坐在河边的石凳上。画家上前对老人说："大爷，天下雪了，快回家吧。"老人却不领情："你是干什么的？来管我！"

"我是画画的，刚好路过。"画家说。

"你是画家？能给我妻子画张像吗？"

"能，你妻子呢？"

"她死了。"

"那怎么画？"

"我说她的模样，你画，行不？"

"行。"

"她有一头很黑，很亮，很柔软的头发；她的皮肤很白，很细腻……"

画家将画好的画交给了老人，说："她死了这么多年，您还记着她。"

老人说："什么这么多年，她是上个月刚离开我。"

"那她多大年纪？"

"63 岁。"

"63 岁？"

画家感到简直不可思议，老人描述的是63 岁的老伴吗？他正想问个明白，突然他注意到老人的一双眼珠子不会动，他是盲人！

画家不由得将自已的双眼紧紧闭上……

画家回到旅馆，立刻退了房间，连夜登上了回家的列车。

爱的名义

○袁省梅

1946年深秋的一天，羊凹岭的阳光很好，风也柔和，绸子般拂在李妮的脸上。

刺啦，刺啦，李妮纳着鞋底，竖起耳朵听屋里男人跟人低低地说话，她不安地左右巷子看个不停，一针要拉扯好一会儿。

男人们在说什么？李妮不知道。男人不给她说。李妮是男人的童养媳，男人却唤女人姐。男人从县城的学堂回来后，就忙了起来。经常出去，一出去，几天都不回来。也有人来家里找男人。人一来，男人就唤李妮出去，嘱咐她别远走，坐门口。

李妮知道男人是叫她看着人，她隐隐觉得男人在干大事。可她不问，一句也不问，提着蒲团端着针线箩筐就坐到了大门边。有人来，她就咕咕地唤鸡，或者咪咪地叫猫。屋里的声音倏地就静默了。有一天，李妮从门缝看见屋子的土墙上挂了一块红布。男人和另外两个人站在红布前，举着拳头……李妮一惊，针扎到了手上，心慌慌的，定下神来轻手轻脚地又坐到了门口。还好，巷里没别的人。李妮听说过红布和红布的故事。李妮没想到男人也跟红布有关系。李妮的心一下子热热的。

一个深夜，男人发高烧，咳嗽着唤来李妮，把一封信交给李妮，说，姐，这个很重要，关系着五仙村一村人的命。

男人说，姐，你行吗？

李妮说，你说我行我就行。

男人点点头，说，姐，让你受苦了。

李妮眼里一热，却装作镇定地说，放心，我在信就在。

李妮把信揣在兜里，转脸走时，说，我有一件事。

李妮说，我想在那块红布前，也举一下拳头。

男人不解，为啥?

女人说，因为你在红布前举过。

男人的心一下就柔软起来，心潮涌涌荡荡。男人没想到他的童养媳他的姐姐——一个看上去粗粗笨笨的女人，原来有着觉悟的思想和细腻的情感。

男人从墙缝里掏出一团柴草，柴草里摸出一个布包，打开布包，李妮看见了那块红布。男人把红布挂在墙上，告诉李妮这是党旗，中国共产党的旗。男人说，在党旗下宣誓，就是共产党员了，就要为人民做事。只要是对人民有利的事，流血牺牲不怕，严刑拷打不怕。

男人看着李妮说，你怕吗?

李妮说，不怕。

男人愣了一下，说，入党，得经过上级领导和同志们的审查。

李妮说，我等。

李妮要走时，男人扯过一条围巾给李妮围上，说，冷，小心点儿。

李妮知道，围巾是男人县城的女同学送给他的，可李妮没有拒绝。李妮喜欢男人给她的这份温暖。

李妮没想到送完信回来后，屋门洞开，不见了男人。

李妮抱着围巾，瘫坐在地上，嗷嗷地哭。李妮有一种不祥的预感。果然，再看见男人时，是在县城的乱葬岗。男人被敌人杀了。

日子长长短短地过着，每个晚上，李妮都要抱着那条围巾说一会儿话，家长里短，社会变革……唠唠叨叨，想到什么就说什么。隔上一段日子，李妮还要把那面党旗拿出来，挂在墙上，想起男人在党旗前举拳头的样子，也举个拳头，笑一阵儿，哭一阵儿。

好多年后，县志上有了男人的名字，县烈士陵园的纪念碑上也刻下了男人的名字。

老了的李妮每年都要抱着围巾、抱着那面党旗去陵园祭奠男人。李妮去的日子不是清明节，而是男人叫她送信的日子。

李妮从陵园出来，还要到政府办公楼去。李妮要政府给她一个名分——她是男人的媳妇。

李妮一遍遍讲她当童养媳的故事，讲婆婆给他们成亲的故事，讲男人跟人在党旗前宣誓的故事……独独的，她不讲自己送信、放哨的事。那些跟她要的名分没有关系，李妮觉得。

政府经过调查，给了李妮烈士家属的荣誉，再编写县志时，男人的故事里就多了一个名字——李妮。政府还要给李妮一笔抚恤金，李妮不要。李妮抱着男人给她的围巾，抹着眼泪说，有这个名分就够了。

垃圾户

〇韩少功

雨秋，是村里最穷的人，号称垃圾户，孤零零住在大山深处，方圆数里之内没有邻居。那里原是块坟山，以前属于山那边的陈氏。两间破瓦房住着陈家的守坟人。后来陈家败了，守坟人走了，破房久久地空着，便成了雨秋的窝。

去雨秋家看看不容易，需要爬几座山，走到气喘吁吁头昏眼花，才有远远的一个屋角在树林里冒出。同行的村支部书记莫求说："到了。"我以为是雨秋家到了。没想到他是说老卫家到了，雨秋家还在老卫家后面的山上哩——他指了指云雾中若隐若现的更高一座山，吓得我腿发软。

雨秋的房子算不上房子，一半已经坍塌，瓦砾间长出了青草。另一半也摇摇欲坠，靠几根木头斜顶着，如同一个病人前后左右支着五六根拐杖。一堵老墙被烟熏黑，扭曲成一个球面，看上去只要客人一个喷嚏，气流就可能把它捅破，然后是整堵墙哗啦啦倒下来。小门里一团黑，外人需要很长一段时间，才能让瞳孔适应黑暗，看清黑暗中浮现出来的一切，比方说锅里的冷粥，比方说紧靠着床头的锅灶，还有潮湿墙角里的两个瓦罐。抬头看看，一条条瓦缝宽得可以见天。可以想象，这样的屋顶一逢下雨就是筛子装水，要是再碰上大风，房子完全可能一瞬间垮塌，把雨秋一家活埋，并且久久不为外人所知——这里太偏了，太远了，平时除了野猪和红毛狗的光临，除了唧唧喳喳的鸟音，几乎不会有陌生脚步声出现。

雨秋不算太懒，这从门前一些梯田里的禾蔸可以看出来，从微风中的稻熟气息可以嗅出来。但在糊口之外他还能有什么盼头呢？大儿子多年前失踪。小儿子又是个呆傻，流落在山下从不回家。雨秋自己也只有一只眼睛，几乎落了个半残，要想挣个发家致富，委实不易。

我们在这里合计了一下，决定凑上一千多块钱，先给他置两间房，至少能防止风雨之夜的活埋。房子已经物色到了，就是对门岭上一处农舍，其主人已迁居山下，儿子又参军外出，老房子长期锁着不用。莫求用手机同户主通了电话，带着我们去点了点檩子，数清了柱子和门窗，还估了估屋上的瓦，说只有这些材料还值钱，一千二，差不多。雨秋也跟着我们去看了房子，对乡亲们的关心千恩万谢。

我以为这事就这么完了。

第二年春天，我再到这里来的时候，听说雨秋并没有搬家，不免有些奇怪。打听的结果是：雨秋临到搬家变了主意，说你们好事做到底吧，索性给我在公路边做栋新房算了。这当然是出了个难题。第一，做一栋新房少说也得四五万，村里哪有这笔钱？要大家去抢银行吗？第二，他要是搬下山来，离他的田土和山林远了，他还怎么谋生？不种田，不育林，他一只独眼认不出几十个字，是想炒股票还是办公司？村头儿们被他缠烦了，说叫化子嫌饭馊，你有了一寸就要一尺，为何不想搬到北京中南海去住呢？好，你爱搬不搬，爱住不住！

雨秋的诉苦史就从此开始。他穿着一件破烂衣，走访了所有他能走访到的人，到哪里都揪出一把把鼻涕，抱怨村里克扣了他的盖房款。就算不给盖新房，总不能不让他修旧房吧？一千二既然定在他的名下，就应该是他的，就该由他做主。为何他现在要买材料了，一分钱都不给他……

当然，他没有说修房是他的新主意，也没有说村里已答应派人把免费的砖瓦挑上山，更没有说他前不久打牌时输了好几百。

很多人对他深表同情。我算是个当事人，对此不免觉得头大，见雨秋上门来，忍不住塞他几句硬话："喂，你要了钱就去打牌，是吧？"

"天地良心，我现在连牌都不认得了！"

"不打牌，要钱做什么？村里给你买了瓦，买了石灰水泥，不就是钱？"

"我不喜欢瓦，我要盖油毛毡！"

"油毛毡哪有瓦结实？"

"油毛毡容易铺啊！"

"那你怎么不去糊几张纸？"

我妻子看见他衣上的破洞，忍不住清出几件旧衣，但被我偷偷拦住。我后来告诉妻子，我看到过雨秋家的衣，都是上面发来的扶贫物资。西装，夹克，牛仔裤，运动衫，都有八九成新，哪一件都比他现在穿的要好，只因一大堆长期放在地上，早已裹泥带沙生了霉。妇女主任当时看不下去了，帮他拉了一根绳子，把那些衣晾起来，但第二次再去的时候，发现绳子又没有了，"扶贫爱心"还是堆在地上发臭。

雨秋走了以后，我给莫求打了个电话，说他硬要盖油毛毡就盖油毛毡吧。你看如何？莫求当晚来到我家，说这个雨夫子气人哪，气人！硬要给他灌牛药才好！你知道他为什么不要瓦房吗？别人的瓦房，他不要。给他盖瓦房，他也不要。他精着呢，肯定是嫌瓦房太结实了，太好看了，他一住进去就不像个贫困户，以后就不会有人记着他了！相反，油毛毡好啊，三晒两淋就成渣，风吹雨打就开裂，总是在那里戳眼睛，谁看了都会心软，谁看了都得管——村上以后还不年年给他支钱修房子？他的油毛毡哪是什么油毛毡呢，明明是一本存折，年年赚利息，连打麻将的钱也稳靠了！

同来的村主任也啧啧赞叹，说了不得，真是了不得！他只有一只眼睛，怎么就看得这么长远呢？

生气归生气，我们还是得钻他的套子，同意把现钱交给他，不可能眼睁睁地看着他睡在露天里。后来的一天，我碰到庆爹，听他说起打牌的事。他说雨夫子虽然穷，但还是穷得硬气，从不欠账，去年输的麻将钱，前不久硬是还清了。

“你是说老岭上的那个杜家的雨夫子?”我问他。

“还有哪个雨夫子?”

“这远近就没有别的雨夫子?”

他眨眨眼，觉得有些奇怪。

我这才明白雨夫子铁心要盖油毛毡的原因。

他就不能赖掉牌桌上的欠款吗？如果他赖，大概也不会有人太怪罪他。但他没有赖，宁可把自家的窑瓦换成油毛毡，宁可一次次下山来胡搅蛮缠，把村里的干部以及更多的人都得罪光，也得实现自己的精心盘算——真是既无耻奸猾又“可歌可泣”。

我想起他离开我家那一天。天快黑了，他还要挑着一担米糠回家。我想借给他一个手电筒。他说不要，说摸黑上山习惯了。就算碰上红毛狗，就让红毛狗吃了算了；就算碰到扇头风，就让扇头风毒死算了。活到这份儿上了，罪还没有受够吗？他就这样嘟嘟哝哝，挑着担子撞入夜色，走向我需要仰望才能看见的黑糊糊山影。

我当时要是真正心好，应该把手电筒塞到他手里的。

我只是假意客套了那么一句。

不知他还会不会再来我家，还能不能给我一个借出手电筒或者雨伞的机会。

口琴声声

○田洪波

怎么办呢？他一次次问自己，依然没有特别稳妥的答案，愁绪便像雾一样层层包裹了他，使他每日都习惯使然地坐在土冈上，忧郁地吹他的口琴。

这是下乡插队的第四个年头，知青队友走了大半，可他却像一块巨石，似乎要卧在茂儿岭村了。母亲斑驳的白发，青梅竹马的惠莲成为他挥之不去的牵挂。

每走一个知青队友，他都会郁闷地喝上几杯酒，眼前的现实他不是看不明白，有回城的指标，多半由有点实权的人分配了。到知青点，名额已经所剩无几，僧多粥少，他又能奈何什么呢？

《莫斯科郊外的晚上》《伏尔加河在奔流》……他吹了一曲又一曲。

其实，他也有过扎根黑土地的打算，但见自己的队友做了上门女婿，却当不了一家之主，他又放弃了这个念头。

他习惯了大上海的喧哗，习惯了小巷里鸡毛蒜皮的生活，也就是说，与其说他离不开母亲，不如说他离不开从小一起长大的惠莲。他难忘与她的月下谈心，难忘她湿漉漉的吻。

他也不是没努力过，曾给大队部的主管领导送过山鸡人参什么的，但领导只是许诺，却不见兑现。每次扛木材，他总是奋勇当先，汗水常早早就湿了衣衫。一次在挑木过程中，他不小心从一个高坎上摔了下来，腰部受了重伤，可他只躺了几天，就毅然决然地又回到大家中间。尽管阴雨天时腰部会隐隐作痛，可他一直忍着，为的就是博得领导的开恩。可领导只停留在口头表扬上，私下里并不见有何动静。于是，上海老家的来信，就成为他排遣不掉的愁绪，使他愈加思念起亲人来。

于是每次上山伐树，他都会不由自主地走神。休工时，他就坐在山林的一边，满腹心事地吹口琴。有几次，甚至吟起“苦琴一曲情悠长，游子落泪思还乡”的诗句来。歇罢吹罢，他还会情不自禁地叹口气，然后无精打采地继续干活儿。

那天队里放映电影，他从银幕上看到年轻的瓦西里为了能与心上人在一起，不惜在一次与敌军对战时，躲开队友，偷偷用手枪朝自己的大腿射击，从而又住进了战地医院，与心上人会合，获得了甜美的爱情果实。

自此，他连续几个晚上都没睡好觉，眼前不断地闪现瓦西里朝自己开枪的画面。也连续几天，他有意无意地接近缺少一只胳膊的村民老张，发现他并没什么不方便的地方，便下意识地叹气。他常常想起背靠小巷的墙壁，给心上人吹口琴的情形，日益的思念便化成一行行眼泪。

那天，他来到连队的铡草机旁，主动帮助战友干活儿。就在他往铡草机里续草时，不知何故，机器塞住了。于是，想都没想，他就把手伸进机器里往下摁草，可偏偏这节骨眼上，机器突然转了起来，一下把他的手给绞住了。

旁边的知青战友惊叫出声，一脚踢掉皮带。大家将他的手从机器中小心翼翼地拿出来，那只手和手臂已经只连着皮了，血流如注。

大家把他的手腕紧紧捆住，在上面捂了一只厚手套，立刻把他扶上拖拉机，拉到营部卫生所。医生为他包扎处理，并连夜将他送到哈尔滨治疗。在这过程中，他一声没吭。

自此，他失去了右手，也因此很快拿到了一个回城指标。填表格时，他本就笨拙的左手是颤抖的，眼泪是控制不住的，及至离开队部，坐上火车，他还不相信终于可以回家了。

黯淡的月色中，他跌跌撞撞地走进家门，哭泣着抱住了躺在床上吃药的母亲。一旁的惠莲也下意识地收住了手里的碗。

那天晚上，口琴声便响彻在小巷里。只是没人注意到，他是左手执琴，而他身边的姑娘则一直倚着他哭个不停。

守住那份真情

○孟宪歧

那是一个多雨的夏季。

同学们的心，也宛如天气一般，潮湿而火热。四年同窗，毕业分手，离别在即。夜晚的校园，便显出往日不曾有过的喧哗。操场上，绿树下，或男或女，三三两两，有那么多的话要说，有那么多的情要诉。

来自坝上的小张北，一个人躲在教室里。他摆弄着四年来的一大摞学习笔记。他舍不得丢下这些东西，哪怕行李再沉也要带走，将来教学时一定会用得着。

这几天班里的同学都抽时间往商店跑，买日记本，买钢笔，你赠我，我送你。虽然一个日记本一块多钱，一支钢笔两块多钱，可小张北却买不起。平时学校发的生活费，他还要省一点寄回去。爸爸残疾，妈妈有病，日子难过啊！

老班长知道小张北的难处，便精心挑选了一本很精美的日记本，送给了小张北，对他说："礼薄情义重，收下大哥一片心。"小张北就哭了。别人装进背包里的，是一摞摞崭新的日记本，是一大把色彩纷呈的钢笔。小张北只有一大摞学习笔记。

小张北的心非常细，他从班里用铅字打印的点名簿上剪下了每位同学的名字和序号，工工整整地贴在老班长送给他的日记本上，然后，他请同学们在上面写上每个人自己信奉的人生格言，再写上同学们对自己的希望和要求，每人两页。

老班长序号第一，他给小张北写下了这样两句话：忠诚党的教育事业，用三尺讲台，演绎壮美人生。老班长写自己信奉的人生格言是：勤勤恳恳工作，坦坦荡荡做人。

全班四十名同学，都写下了自己的座右铭，也为小张北写了留言。

在最后一次班会上，老班长激动地对大家说："再过二十年，我们来相会！"同学们都高高举起拳头，齐声说："再过二十年，我们来相会！"

这年是1981年，共和国恢复高考后的首届大学生毕业了。

时光就像深山里的一条小溪，不知不觉中便流过了那么多清澈的、纯净的甚至浑浊的日子，一天又一天，一年又一年……

同学们一离开校园便天各一方，杳无音信。那时候的通讯条件很落后，一个乡只有一部手摇电话，相互联系十分不便，几个乡都不通班车。况且，四十名同学都来自山区，有时写一封信得两三个月才能收到。

老班长在学校就是党员。他回到家乡后，先当中学语文教师，后当校长，再后来调到教育局当了一名副局长。有一次出差来到小张北所在的县里，他从这个县教育局人事股查到了小张北所在的小学，想着去看看小张北。这个县的教育局局长对他说：那里太远了，一天都返不回来，还不通车呢。老班长打消了这个念头，但是他又萌生了一个新的念头：他要利用工作之余，开始联系班里的四十名同学。

终于，毕业二十年以后的第一次同学聚会，在老班长的操持下，如期于长城大酒店举行。同学们互相打量着熟悉又陌生的面孔，感慨人生短暂，岁月无情，拥抱，流泪……

老班长对大家说："咱班当年共四十人，其中有六人因病故去。让我们为他们默哀三分钟。"

大家都低下了头。

过了一会儿，老班长接着说："有四人出国考察无法返回，还有八人正在出席或者主持什么会议，也抽不出身来。实到二十一人，只差小张北还没赶到。”

老班长正说着，外面进来一个黑黑瘦瘦、腰弯背驼的人。大家看了一会儿，便不约而同地喊道：“小张北!”

同学们根本想象不到，当年这位班上年龄最小、浑身透着一股机灵劲儿的小伙子，如今是这个样子！岁月的雕刀无情地在他脸上刻下了纵横交错的纹理，深深地嵌进肉里。他头发几乎全白了，倒像是一位七八十岁的农村老大爷。这时，老班长对小张北说：“你来了，就齐啦。咱们端杯，为二十年前的那句诺言干杯!”

小张北慢慢站起来，对在座的老同学歉意地说：“今天对不起，我迟到了。本来，我不该来晚的，可是，我找不到复印东西的地方，找了老半天才找到。大家猜猜，我复印了什么?”同学们谁都猜不出来，你看我，我看你。小张北接着说：“这些年啊，我在那座偏僻的小学里，靠什么去工作、生活的？就靠当年同学们那些鼓励的话啊！我是我们那里唯一的一名大学生，在小山沟里教学，一教就是二十年。第一次县里调我去县一中，乡亲们就围在学校，齐刷刷跪在我的面前，我一个一个往起搀，谁都不肯起来。我明白我已经走不了啦，我就决定不走啦！第二次是教育局调我到外乡当校长，我收拾行李时，我教的一帮小孩子把我堵在屋里，扯我衣袖，拽我裤角，抱住我腰，哭着不让我走。我呢，就又没走成。”

小张北说着说着，眼睛里就有了闪光的东西。小张北说：“今天，我给大家带来了当年大家送给我的留言，还有你们自己信奉的座右铭。下面，我想喊同学们当年的学号，大家还记得当年在班里时自己的学号吗?”

小张北喊：“一号!”

老班长站起来答：“到!”

二号……三号……

小张北连着往下喊，可惜，再没有人答应了。

这时，小张北叫着每个人的名字，发给大家两张复印的文字。大家认真看着当年自己写的东西，每个人的手都有些颤抖，每个人的脸上都显得很严肃。

过了一会儿，老班长揉揉发热的眼睛，对大家说："感谢小张北带来的宝贵礼物！让我们为小张北的这份真情，干杯！"

大家共同举杯，一致对着小张北。小张北的泪水喷涌而出……

墨晶心

○非花非雾

波音777飞越重洋，降落在中原大地。美国著名学者金丽文女士在希望小学校长张墨晶带领下，来到茫茫八百里伏牛山腹地。

这里景色迷人，原始森林丛生，是天然的氧吧。

二十年前，金丽文女士的丈夫怀特教授来到这里山水俱佳的石龙沟。石龙沟“九沟十八洞，洞洞有妖精”，怀特没有遇到妖精，却在滴水洞遇到一个七八岁的瘦弱女孩，女孩穿着一件褪了色的红罩衣，一双家做的布鞋上还绣着一对儿蝴蝶。她蹲在滴水口，在碎石间细细地寻觅什么。

怀特用生硬的汉语问：“小同学，你在找什么?”

女孩张开小手，给他看手心里的两三颗大小不一的灰褐色半透明石头。

“石头?”

“水晶，对着太阳看透亮。”小女孩大方地把石头举到怀特眼前。

同行的村长告诉怀特，小姑娘的爸爸张石头是卖水晶眼镜的，打水晶矿的时候，出了事故，伤残了，在景区口摆个卖水晶纪念品的小摊。

怀特问小姑娘的名字，上什么学校。

小姑娘说自己叫张墨晶，墨晶是水晶里品质最好的。她在八十公里外的县城上小学四年级，放暑假她来给爸爸帮忙。怀特觉得小姑娘很懂事，他让随从人员为自己与张墨晶合影，墨晶脸上笑开了花，一定要陪着他们做导游。临别时怀特将自己的美国地址写在一张纸上交给小墨晶，说："好孩子，你以后就叫我美国大叔吧，有空给我写写信，讲讲大山里的水晶好吗？"

怀特回到美国一周，便惊喜地收到墨晶寄来的一封信，一行稚嫩的英文映入眼帘："亲爱的美国大叔，您好。我们的合影好看吗？您能不能寄给我？……我的英语不好，信是查着《英汉词典》对照写的……"

怀特马上给她回信，要她坚持勤说勤写英语，同时给她寄了100美元，做她下学期的学费。

墨晶的第二封信很快飞到了美国，她把一百美元退了回去。她说："亲爱的美国大叔，你可别小看我们，您当大学教授能挣钱，我们靠一双手也能挣钱养活自己，你是一个好大叔，我将来会送你一颗品质最好的墨晶。"

怀特被这个有骨气的小女孩感动了，两个人频繁书信来往。美国教授的书信像"心灵氧吧"，滋润着墨晶成长的每一个脚步，墨晶终于考入一所名牌大学。

大二的中秋之夜，墨晶正与同学们开联欢会。怀特打来越洋电话，他伤心地向墨晶告别："我得了不治之症，时间不久了，希望你能继续努力。"

墨晶眼前的月亮一下子暗淡了，灰黄一片。她哽咽道："这不是真的。您是好人呀。"

怀特在那边伤心地说："得病是不分好人坏人的。是真的。"

墨晶每天含着泪为怀特祈祷，她鼓励怀特："大叔，你相信奇迹吗？我一个山里妹，本来都要辍学了，在您的鼓励下考上了大学，您这个大学教授也一定能够战胜病魔！您到我们山里来住一段时间吧，这里的空气更适合您。我们一起去找墨晶，用它做成的眼镜，能治眼病，对你的病也会有好处。"

怀特是专为“墨晶”来中国的。十年前，他见到的墨晶是一个黄瘦的山村女孩，这次在机场举着横幅接他的已经是亭亭玉立的女大学生了。他的心头一热，双眼潮湿了，情不自禁地与墨晶一家人拥抱在一起。

他们来到掩映在郁郁葱葱绿荫里的墨晶的家。农家小院，袅袅炊烟，仿佛东方神话世界。

怀特忘记了自己是个身患绝症的人，他尝试下田耕地，上山采木耳、猴头，还和墨晶一起翻山越岭，到矿沟捡水晶。那一天，他们捡到了一颗鸽蛋大的天然墨晶，张石头用磨制工艺把它做成一颗水晶心。墨晶把墨晶心挂在怀特的胸口，祝愿：“让水晶家族中的极品——墨晶，保佑好心的美国大叔平安健康。”

张墨晶大学毕业后毅然回到大山里，她做了希望小学的校长，她和学生们一直用书信鼓励怀特与病魔抗争。

又是十年过去了，张墨晶的第一批学生大多也考入了大学。中国的一封封书信和一颗清凉润滑的水晶心一直给怀特生活下去的力量。

金丽文女士来到这片树林葱郁，藏着自然之宝的地方，遵照亡夫遗愿，把怀特的骨灰撒进这片让他获得十年重生的热土。金丽文把那颗墨晶心放进张墨晶的手中，她说，怀特给它取名“心灵知音”。

你会不会剥夏威夷果

○田双伶

她爱吃坚果。

是他惯出来的。

原本她讨厌一切有壳的果子，嫌麻烦。她爱吃零食，却拒绝吃坚果，甚至连葵花子都懒得嗑。他买来一袋袋坚果，一颗颗剥了逼迫她吃：丫头，坚果里含有丰富的维生素E，补脑益智，防衰老，还美容呀。

常常是他剥，她吃。他的指甲剥疼了，特意买了夹干果用的铁夹子，教她用，可她懒得用。她的性子就是这样，懒懒的，对什么都不上心。就像她的爱情，懒懒的。那时他追她，就随他追，懒得理其他的男孩子。更像她的婚姻，懒懒的。和他成家后，她除了上班，就是躲在家里读书、写字、看碟、听音乐。偶尔和几位闺中密友相约吃饭、逛街。

看电视的时候她爱吃零食，薯片话梅巧克力什么的吃完了，就吃干果。那是他出差从杭州回来，带回的一袋临安山核桃。山核桃皮薄，她想着好剥就拿了一颗。好大会儿了，茶几上，是碎碎的壳，碎碎的仁。看她费劲地掏弄夹在壳里的碎果仁，急得满头汗，他爱怜地敲她的额头，小东西，怎么这么笨啊。他拿过一颗，教她剥。他剥果仁的样子一如他的性子，温厚，沉稳，双手食指拇指相对，捏开缝，再用指甲抠开果壳。薄皮核桃，果仁却饱满。一粒粒大大小小的果仁放进她嘴里，任她香香地吃。她心里盛满了果仁的香，也盛进了几分被宠爱的甜蜜。她幸福地享用着他的宠爱。他说她是个笨东西，不让她做饭烧汤，怕熏了脸，怕烫了手。有他在身边，还用会做什么？这样的日子是如何的好呢，歌里唱的，幸福享不了。什么是享不了，享用不尽呗。

那天，他抱了一袋子干果回来，欣喜地说，朋友送的夏威夷果，我也没吃过。听说香得特别，你一定喜欢。

她看着袋子里那一颗颗褐色的果子，每颗果子上隐隐地有一道裂纹，圆乎乎的很可爱。看他笨拙地用干果夹去夹厚厚的果壳，那干果却硬硬滑滑地溜出来，他差点夹了手。他又找来螺丝刀，从裂纹处扎进去，别啊撬啊，终于果壳裂开，露出一颗奶油色圆润的果仁。他笑着把果仁填进她娇嗔地张开的小口，摇摇头说，真不容易，跟摘人参果似的。她口里含着果仁，把脸偏向电视，看着韩剧中英俊帅气的男主角，边嚼边说，好吃。

家里干果吃完了，她就去超市买袋装的。和女友出来逛街，她从包里拿出来小包装的山核桃仁给她吃。女友说，你怎么吃果仁啊？多没意思。

那你怎么吃啊？难道一颗颗剥？

其实剥果壳很有乐趣的，边剥壳边吃果仁也是种享受啊。

你在家里给你那位剥果子吃么？

当然了。看不出来我是贤妻良母吧。女友得意地把一粒果仁放到口中香香地嚼着：优秀的男人，外面诱惑多，你得防着点儿。在家里要温柔，要贤惠，要勤快，总让男人做家务宠你惯你会把他累跑的……

她不以为然地说，随便，懒得管他呢。谁像你，贤惠勤快，你们不照样三天打两天吵的，我们俩好着呢。说完，心里暗暗笑了。

那一袋子夏威夷果，只吃了几颗，他就没时间剥了。最近公司忙，是真的。那次入睡前，听他一声长长的叹息：累，太累了。

她躺在他的臂弯里，沉沉地将要入睡，也没在意。男人在外做事，又要照顾家，照顾她这样一个长不大的孩子，当然累了。

一次次的迟归，让她隐隐地不安起来。没结婚的时候，他经常和朋友们去喝茶，如今回家也很少喝了。会不会又去了茶楼？

她一家家茶楼找寻。在清泉茶坊，迎面看到的，是一株绿叶舒展的滴水观音，一排沙发靠背使她眼前的景物变成了一帧宽幅电影：他和一个女子相偎而坐，那个女子盈盈浅笑，边说话边为他抚平衣领的皱褶，纤纤细指娇俏地剥开一粒开心果，放到他的嘴里。而他，抚着女子遮住额头的柔顺长发，将它们挂在耳后。清幽的古筝曲声中，她看清了，那女子，清秀的瓜子脸，像宋代仕女。

她的双腿发颤。她的心也发颤了。

不知道是怎么回到家的。一进门，她抓起那袋夏威夷果摔到地上。袋子破了，圆圆的果子在地板上滚得到处都是。

蓦地，她看见空袋子里有一块金属片，拾起来仔细地看，原来是一个开壳器。用它突出的尖插入缝隙扭转，即可完整地把壳撬开。她捏紧开壳器插进夏威夷果的裂纹里，转动手腕，果壳砰然裂开。

那一瞬间，她忽然感到，婚姻是个坚果样的东西。它硬实，牢固，但也脆弱，一旦敲到敏感罅隙处，它会猝然裂开，再也无法收合。不像她的好姐妹，坚持下来的婚姻，虽经岁月的敲敲打打，但始终没有敲到致命之处，内里果仁保护得好好的——那是她们守护婚姻的胜利。

很晚了，她在灯下用开壳器转开一颗颗夏威夷果，将完整的果仁一粒粒放在盘子里。深夜寂寞的灯光，映在地上堆落的、一片片已掏空的果壳上。

父亲的嘱托

○杨　逸

昏暗的灯光下，父亲坐在床沿上闷着头抽着烟。几天的奔走使他脸上的皱纹更深了。“爸，我不去念了。”我小声说，“明天我就去广州找弟弟……”话还没说完，就被父亲打断：“你别瞎操心，我有办法。”

还有什么办法呢？眼看就要开学了，学费还没凑够一半。村里已经挨家挨户地借遍了，弟弟昨天又寄回了500元钱，加上我暑假做家教挣的钱，还是不够。

唉，为了供我读书，家人真是竭尽全力了。爸好不容易找到一份扫公路的活儿，每天凌晨四点就要上班，一直干到晚上八九点，临到下雪天更是几天几夜连轴转。过度的劳累使他看起来像一个六十多岁的小老头儿，尽管他今年才四十出头。妈身体不好，却总也不肯上医院看。最让我感到愧疚的是弟弟，小小年纪就辍学打工，赚到一点钱就往家里寄……

夜深了，窗外的星星也困得睁不开眼，我却怎么也睡不着。爸也没睡着，一声一声的叹息就像铁锤一样打得我的心生疼。

破晓的时候，爸披上衣服，对我说：“今儿个你跟我到你城里叔叔家去一趟。”我一骨碌爬起来：“我不去，去了也是丢人。”爸急了，猛地给我一巴掌：“丢人重要还是读书重要？”爸很少打我，我知道他心里比我还要难受。

临出门的时候，爸把家里最大的一只老母鸡装进蛇皮口袋。我说：

“这鸡还下蛋呢!”爸说:“哪有空手上门的?更别说咱现在是去求人!”

我故意走得很慢,远远落在了爸爸后面,可终于还是走到了叔叔家门口。爸怯生生地敲门,敲了十几下,才听到一个懒洋洋的声音:“大清早的,是谁呀?”爸忙说:“他婶,是我们。”又过了好一会儿,门终于开了。婶婶打着哈欠问:“你们一大早来干什么?”爸僵住了,过了一会儿,他嗫嚅道:“来看看你和我兄弟。这只土鸡,给你们换换口味。”婶婶瞄了一眼蛇皮口袋:“这东西多难打理。”

这时,叔叔也出来了,勉强寒暄了几句,爸终于开口了:“他叔,其实我们这次来是有件事想求你。”我看见叔叔立刻皱起了眉头:“什么事?”“这个,你侄女今年考上大学,学费还差一点儿,想跟你借点儿。”“借钱?”叔叔像被烫了一下:“借多少?”“3000。”爸小心翼翼地说,言毕摸出早就准备好的香烟递给叔叔。叔叔接了,爸爸又立即点火,可不知是打火机不灵,还是爸爸紧张,老半天才打着,捧去给叔叔点。叔叔比爸爸高一大截,却不弯腰,爸爸只好踮起脚跟儿。

叔叔吸着烟,不看我们父女,只望着窗外阴郁的天空。婶婶漫不经心地抹着桌子。爸想说话,可只吧嗒了几下嘴。屋内静得令人发慌。

又过了一会儿,堂妹出来了,爸忙跟她打招呼。她扫了我们一眼,对她爸妈说了一句“我去学钢琴了”,就出门了。叔叔一下子受到了启发:“你们看,小文学钢琴一节课就要150,你们说我容易吗?”婶婶接着说:“别看我们像有钱的样子,其实赚得多花销也大,买房的钱不说,就是水费、电费、煤气费、电话费、信息费、物业费加起来也够呛,不像你们乡下,一年也花不了几个钱。”爸低着头说:“我也知道你们不容易,不是实在没办法我也不想来麻烦你们,看在孩子读书的分上,再帮哥一次……”

我惊呆了,我没想到一向铁骨铮铮的父亲竟哽咽起来,眼圈也红了。

叔叔大约也受到震动,过了好一会儿,他终于开口了:“借就借吧。”婶婶极不情愿地从房间里拿出钱,爸爸伸过颤抖的双手去接,婶婶手却一缩："得打张借条！"乡里人借钱，是从不打借条的，让你打借条，就是不相信你。爸爸的喉头滚动了一下，歪歪扭扭地写了借条，婶婶这才迟迟疑疑地把钱递给爸爸。

我忘了那天是怎样走出叔叔家门的，我只记得回家的路上父亲对我说的一句话。

爸说："爸求你一件事。"

我说："爸，您有啥事尽管吩咐。"

爸说："等你书念出来，成了城里人的时候，你可不要……"

"不要啥，爸？"

"不要让你弟弟给你打借条。"

爱的蛊

○刘　玲

有一天夜里，竟然梦到想自杀，仓促地找了好几个河段，选了一个，跳了下去，最后被救，救自己的人还用干净的浴巾给我擦头发，将哭泣的我牵手带回了家。这个救了自己的人，是自己的亲弟弟。

这个梦以后的那个中午，弟弟打我电话，我说在局里，等下汇报工作，我看到领导的车子进了院子了。弟弟说，那我说快一些，是这样，昨天我买了鸭脖，分两个袋子装，那个红色袋子装的超辣的六个是给你吃的，放在冰箱的第三层。

我其实心里有一个奇怪的神话，那就是，在一个家里，做饭的那个人会把自己的心意熬成类似料酒样的东西放在饭里，每一顿盛给家里人吃，一家人就会或者一律的善良或者一律的勇敢，或者，就像我们，一律的亲爱。

我和我的大学男友分开，对方看我是有一些绝情的。那是就要毕业的一天，我看到妈妈偷偷地哭，因为如果成就了我的这个爱情，结果是我和我的妈妈以后要隔着一百里的距离，妈妈隐忍啜泣的场景，让我只能选择留在她身边。我离婚的那一年，弟弟到那个男孩的家乡送人，等到下午返回进门的时候，妈妈说，这么快回来？弟弟说，那个地方走高速车程是四十分钟。妈妈一下怔住，当年那样遥远的一个地方，现在只是四十分钟。

弟弟读的是很尖端的专业，人很时尚很聪敏，但是，毕业后也回了这个小城，在这个禁锢了梦想的小地方打拼着琐碎，我相信，这很遗憾，但能天天看见父母时时呵护爱妻女儿，这些也很重要，他一定这样说服了自己。我们常聊起出去圆梦的那些人，这时候，他的语气不同于往常，很慢，思路常常困住。但他每天出门给妈妈告别晚间回来请安的时候，总是志气满满。妈妈也坚决相信，自己的儿子是快乐成功的那一个。

一场大雨突袭了安静的小城，单薄的小城瞬间变成了黑幕下的小木屋。侄女打电话给我，话筒里是呜呜的哭声，姑姑在哪里，要地震了吧，如果发洪水，你和姐姐要顺着奶奶家的方向游，我们不走在这里等。

有一天和最好的朋友谈起孩子，她说，你知道吗？你家女儿说过一句话感动了我。她说以后要和我女儿一起开宠物医院，这个医院的连锁店要开到全国去，为了这个目标两人初期会吃住在医院。你家女儿不同意，说是她不能天天值班的，这样的话，妈妈就要一个人留在家里。

这样的相亲相爱，又怎么会不是一味蛊？如同“毒药”的一味蛊。

红灯笼，白灯笼

○叶仲健

通州城流传着这样一句话：东锣鼓，西唢呐；柳三的红，段四的白。说的是通州城人要办喜事，大都要去东边请来一支锣鼓队，再去柳三家买几只红灯笼；要办丧事，则要去找西边的唢呐队和专做白灯笼的段四。今天要说的是做红灯笼的柳三和做白灯笼的段四。

柳三和段四都是通州城人，一个住在城南，一个住在城北。两人年纪相当，十余岁时一同去京城拜师学做灯笼，学成后又一同回到通州城。

同是通州城出来的，在学艺的那几年，自然比其他师兄弟亲近些。可一返乡，问题就出来了：通州城地方不算大，这生意怎么个揽法？起初是亲找亲，故找故，三姑找六姨，娘家找婆家。但时间一长，两人暗中较起劲来。两人特意在众人面前比过手艺，结果是旗鼓相当。

柳三和段四做灯笼的手艺确实上乘。他们做的灯笼骨架结实，糊纸密不透风，可以当球踢；上下左右极为对称，在桌上放一个小石块，将灯笼下摆中心点搁在小石块上，灯笼依然平稳扎实；在灯笼里点上一支蜡烛，像玩球一样转几个圈，蜡烛的火舌始终舔不到灯笼的糊纸。

两人的灯笼生意从暗斗发展到明争。想想也不是办法，便凑在一起协商了一下。结果是，柳三专做红灯笼，段四只做白灯笼。那几年，通州城办丧事的人多，办喜事的也不少。这样一来，似乎也公平。

从此柳、段两家井水不犯河水，再没发生过生意上的纠纷。两人恪守承诺，从不越楚河汉界。柳三的亲戚来找柳三做白灯笼，柳三会将他们引到段四家。段四的朋友来找段四做红灯笼，段四也会把客人推到柳三家。就连柳三父亲去世时用的白灯笼也是段四做的，段四女儿出嫁时用的红灯笼则是柳三做的。

几十年的时间就那么过去了。段四走在了柳三的前面。段四的儿子继承了父亲的手艺，也恪守老人定下的规矩，只接白灯笼的生意。但他只是业余时间做，平日里还操持着其他生意。段四儿子做灯笼的手艺当然不如段四，白灯笼挂上没几天，风一吹雨一打，就像落水的公鸡散了架的船。好在他做的是白灯笼，东家一般不管灯笼质量好坏，挂上几天就撤下来当柴火烧了。

段四死后，越来越多的人来找柳三做白灯笼。说是段四的儿子平日里忙着其他生意，找不着人，赶活儿不及时，你就起起新规矩，把红白灯笼一起做了吧。柳三立马吹胡子瞪眼睛，说，段四是不在了，可我还在。当年我跟段四说好了，他管白灯笼，我管红灯笼。再说了，人家段家大儿子还在做灯笼，手艺还没绝呢。

柳三儿女也说，爹，起新规矩吧。这规矩是人定的，你做几个白灯笼，段家儿子也不会说什么。柳三怒发冲冠，什么新规矩？这规矩是我俩定下的，只要我在一天，就坚决不能改！

柳三活到八十八岁那年，多年的消渴症到了无法医治的地步，眼看着身体一天不如一天了。极其虚弱的柳三躺在病床上，手里依旧操持着他的灯笼手艺。消渴症让柳三的视力越来越差，几近失明，但他做红灯笼的两只手依旧轻巧灵活。

柳三儿子对柳三女儿说，爹快不行了，做了一辈子的红灯笼，为什么就不给自己做几对白灯笼呢？柳三女儿说，你又不是不知道爹的脾气——他不愿做的事，谁也奈何不了他。由着他去吧，我明儿个去找段家做两个白灯笼来。说罢流泪。

柳三儿子说，要不这样吧？咱爹现在眼神不行，红白也分不清。咱给他两张白纸，让他给自己做一对白灯笼。

这，能行吗？

怎么不行？反正爹看不见了。

柳三做灯笼的手开始有些不听使唤了。眼看着离大去之期不远，柳家儿女就把两张白纸递给了柳三。柳三果真不知晓，哆哆嗦嗦地做了一对白灯笼。

就这样，柳三在生命的最后时刻，为自己做了一对白灯笼。

就在当晚，柳三停止了呼吸。儿女把那对白灯笼挂在了屋檐下。从西边请来了唢呐队。院子里，唢呐声响起来。

那晚，天突然下起雨来。雨水打湿了挂在屋檐下的那对白灯笼，雨水洇散开来，原本白白的灯笼纸，不知为何竟透出些许的红！柳家儿女不知何故，慌了神，赶忙将灯笼撤下来，里里外外看了个遍，终于知道了原因。

原来是柳三视力不好，做灯笼时刺破了手指，血滴在了白纸上，经雨水一打，洇湿开来，把白灯笼都染红了。

爹啊——柳家儿女的哭声再次响起来。

迟　到

〇李永康

这是好多年前的一桩旧事。

都说雷不惊梦中人，一个炸雷还是把黎老师震醒了。黎老师一骨碌爬起来坐在床边借着闪电的光瞄了瞄怀表，五点半了，不由得心一惊。眼下正是农村最忙的收割季节，黎老师的腰痛病却犯得厉害。昨晚妻子先用热帕子敷，然后又用铜钱给他刮痧，折腾了半夜。黎老师心里很内疚，他原打算今天早一点起来把饭煮好热在锅里，好让妻子多休息一会儿，没想睡过了头。妻子已经把洗脸水打好，饭也摆在桌子上。见他起床，就问他，腰还痛不痛？黎老师摇了摇头。妻子就催他，说昨晚雨下得大河里一定涨水了，叫他赶快吃饭去学校，迟了怕过不了的。黎老师心里一热，想过去亲昵妻子一下，一脚踩在水坑里，差点滑倒在地。黎老师上个星期日用了整整一天时间检修，房顶还是漏雨。这房子早就该翻新了，只是手头紧挪动不开，黎老师想，年底该行了吧。

黎老师吃完饭看了一眼熟睡中的小女儿，便来到河边。水已经漫上了岸，河床比平常宽了几倍。水在咆哮着，不时有死猪和坛坛罐罐在翻滚。雨还在下，黎老师盯了盯那棵只冒个顶在浑浊的水面上的黄桷树，心想，往常那条公家的大船就拴在上面的呀，这会儿咋就连个影子也不见了呢？

黎老师慌了，焦急地呻唤了一声：迟到了可咋办呢。黎老师执教的乡村小学是庙宇改造的，除了几间教室和公用的两间办公室外连一间厨房也没有——中午老师吃饭是在山墙边临时搭的露天灶里煮的。因此，黎老师每天早晚都要过一趟河。

正在黎老师一筹莫展的时候，不远处的河边上一堆人围住了一只小渔船。黎老师兴奋地跑过去，原来是一些过河来走亲戚没有来得及回家的人，正在跟一位脸晒得黢黑的中年男子讲条件。

“少了这么多不行!”撑船的男子捏拢五个手指晃了晃。

“五角?”有人问。

中年男子没吭声。

“一元?”船过一趟河只能载一个人。

中年男子盯着翻腾的河水一动不动。

“给你五元，你快点渡我过去!”黎老师拨开人群跃上船，稳稳地站到船中间蹲下。船摇晃了几下，众人哇了一声。要知道，当时五元钱可以买四十斤大米，买二百五十盒火柴，割八斤猪肉了。

船没有动。

“快点开船，那些娃娃还眼巴巴地等我上课呢!”

众人这才认出是黎老师，都要帮黎老师凑船钱。

撑船的忙说：“是黎老师，我不收钱。”

大家还是三角、二角塞过来，撑船的挡也挡不住，情急之中充满感情地说：我也是黎老师的学生呀！黎老师一愣。众人这才收回钱。

船仍不动。

“快点，不然我就迟到了。”

“水太大了!”撑船的结结巴巴地说。

黎老师听出了他话中的意思，忙说：“船……”赶紧捂住嘴没有说出“翻了”这两个不吉利的字，只斩钉截铁地说：“有啥事，我不怪你!”

船颠簸得厉害，黎老师还是问：“我真的教过你?”撑船的脸红了。黎老师又问：“你是哪年毕业的?”撑船的这才说：“我只上了两年小学。”黎老师心一酸。

“我就是那个出了名的迟到大王啊。”

一个浪头打来溅了黎老师一身水。黎老师禁不住打了个冷颤，那时学生迟到是家常便饭，每天的第一节课有十多分钟在等人。黎老师当班主任后，决心改变现状，立下规矩，凡迟到的同学先罚站在教室后面，下午放学还要留下写检讨，累计迟到三次的要通知家长到学校……

“你就是那个连续迟到半个月突然不来上学的同学?”黎老师曾去过他家多次，但始终没有找到他，也没有做通他家长的思想工作。

“我自己学习不好，还连累其他的同学。”

“就为这你就不来上学?”黎老师问。

“危险!”撑船的大吼一声。

“那你为什么要迟……”黎老师话还没问完，又一个浪头打来，船被掀翻了。撑船的虽然熟知水性，但在坛坛罐罐的碰撞下没有挣扎几下就被浊浪无情地吞没了。

那天黎老师第一次——也是一生中唯一一次永远地迟到了……

不如一杯茶水温

○安 宁

她一直希望有个大哥，在她还是一个坐在草地上孤单仰头看天的孩子的时候。

那时她需要照顾弟弟妹妹，才七八岁同样需要人来疼爱的孩子，却总是在大人外出干活的时候，背着两岁的弟弟，拉着四岁的妹妹，在街上转圈。遇到大人怜爱地拍拍她小小的脑袋，夸一句“真能干”，她总是觉得委屈，希望那只大手可以在她的脑袋上停留一会儿，再停留一会儿。这样，她便可以觉得温暖，如一只蜗牛，在安全的壳里，不理外面风雨飘摇的天地。但很多时候，她只是被人夸赞，而后继续在父母的呵斥声里，做那个需要独自承担一切烦恼并要努力照顾弟弟妹妹的姐姐。

她一直在父母设定好的路上无声无息地走着，像暗夜里的一个幽魂，没有人听到她的声音，更不会有人注意到她的影子。她做了什么，是理所应当的责任；而她未做什么，换来的却是一通训斥和抱怨。她走在前面，是弟弟妹妹的榜样。她不能逃避，不能中途到路旁的小树林里坐下，看一眼闪亮的溪水。她要一直一直不停歇地前进，在别人的审视与拷问之下。

在她 25 岁那年，遇到一个年长自己 15 岁的男人。她叫他大哥，她喜欢他深沉又洪亮的声音。喜欢他走在身边时，自己突然觉得世界宽广而且美好的感觉。喜欢每次相见离开时，他用力地握一下她的手，那种力量与温度，她从懂得探知世界的那天起，就开始寻觅。但这样的温度，又与爱人给予的完全不同。至少，在她是不同的。她跟他在一起，觉得一切都纯净美好，她又回到儿时那个小小的孩子，可以不必忧虑，不用牵着需要她来保护的弟弟妹妹的手，而是被一只温暖的大手握着，在寂静阔大的天地中走。

他们相识的最初，他很愿意倾听她的烦恼与喜悦。事实上，她那么珍惜这样的缘分，以至于她很少将自己内心的纠结倾诉给他，怕他会觉得厌烦，很快远离了自己。她小心翼翼地呵护着这份情谊，希望这样一个年长的兄长，可以陪伴自己，走得远一些，更远一些。她常常给他写信，将日常生活中那些琐碎却有趣的细节，细细讲述给他。二十多年一直存在的一个空缺，突然地被他给填补上，她觉得好像一颗乳牙脱落后，被更旺盛的恒牙代替，那种有风吹进来的空茫，瞬间消失殆尽。她的心里满满的，全是喜悦与温情。

她确信自己从未有过更多的奢望，她只是希望他能够像一个真正的大哥一样，可以与她聊一会儿天，或者给她回复一封信，哪怕信中只有短短的一行字。她也不想如周围的其他女子一样，找一个蓝颜知己。她只是想要一个大哥，就像同一个母亲所生的那样，两个人即便是手握着手，心底都是纯净的湖蓝。

但是很快，她便生出了失望。他不再对她的来信每封都回。有时候，会隔上很久，似乎突然想了起来，而且总是说忙碌，忘记回复。甚至，明明他是在线的、空闲的，都对她的一句素常的问候，没有回音。

她不知道自己究竟做错了什么。但是，她确信自己未曾给过他任何压力。她只是希望能有一个大哥一样的朋友，可以在空闲的时候，坐下来，喝一杯热茶，聊天，或者什么也不聊，但却彼此懂得。

后来，他慢慢疏远了她，她也终于不再对他怀有希望，才从旁人的口中，得知他之所以淡漠，不过是因为她不能给予他他想要的一切。她想要一个大哥，亲生的大哥，是温热的一个热水袋，或者一缕落在肩头的春日的阳光。而他想要的，只是一个可以偶尔暧昧的红颜知己，或者一个家外的港湾。

原来，他们在最初就走错了方向，他要向北，她却南行。擦肩而过的那一刻，她以为可以长久，却原来，这般短暂。

她将所有写给他的信，都彻底删除。忧伤中她找到一个杯子，为自己泡上一杯冒着丝丝热气的绿茶。茶喝到凉掉的时候，她终于明白，原来，一份来自爱人以外的男人的温暖，常常不如一杯茶水，可以持久地慰藉暗夜中的灵魂。

找路的人

〇马国兴

在黑夜里点一盏希望的灯
像天边的北斗指引找路的人
在心里面开一扇接纳的窗
像母亲的怀抱温暖找路的人……

我是在叶田那儿第一次听到这首歌的，当时并没觉着什么，简简单单的四句歌词，郑智化翻来覆去地唱了七遍。但从此，我便在心里记住了这首很特别的歌。

那一年我们十八岁，因对文学的共同爱好，我们便走到了一起，相识相交相知。身为一名来自农村的中学生，考上大学跳出农门是我义无反顾的向往。叶田发现我这个愿望是如此的强烈，表示理解之余，又亮出了自己的观点："如果仅为跳出农门才努力，才拼搏，那就太没有价值了，相信你只是把这作为自己学习的动力，而不是目的。"

认识叶田之前，我和同班的一个女孩处过一段，终因性情不合而分手，但心里总是疙疙瘩瘩的。叶田得知，告诫我道："作为男孩子的你，应理智一些，要拿得起放得下，对感情这种最是纠缠不清的东西，你不应优柔寡断。"

高考落榜后，我们都自费上了大学，相隔遥远，我和叶田鸿雁传书，互相交流生活的感受，互相鼓励："一个人活着，最重要的是要有上进心，要求上进，才会有理想和追求，即使再苦再累，生命里也永远充满春天。"我曾自比航船，比叶田为帆，作《征航图》答谢叶田。就是这样，叶田一次次地校正我的航线，伴我冲出迷雾，驶向开阔。

每一次收到叶田的来信，总会被人当做情书，虽然只是些平平常常的文字而已。但是我好虚荣，喜欢他们把这些信说成是情书，喜欢有一种被人羡慕甚至嫉妒的感觉。同时我也不否认对叶田的感觉很特殊，有别于普通朋友。

当这种感觉积累至一定程度的时候，我真想向她表白些什么，可是她的信又来了："三毛说过，男生和女生之间是会有纯真的友谊的，我完全相信，不再有任何怀疑，你呢?"

我……也相信。

我将她的信收集起来，一针一线地订好，再煞有介事地写序题跋，随手翻阅，感受着她的关爱。又一时冲动，置办了个硬面抄，将她的来信一笔一画地抄录在上面。

两年的大学生活转瞬即逝，和往常一样，我照例收到了叶田的回信。在信中，她告诉我她已和一位学兄恋爱，对于我们三年来的交往甚为感谢："我们还是好朋友，一切都没变。"

我的心情却变了，我只感到一种深深的失落感充盈着我的全身。直到这时，我才真正明白原来自己是多么多么地喜欢她、在乎她。

我与爱情擦肩而过了。

和我的断然分手，大约就是叶田最后一次表达对我的关爱了。她也许怕我们再这么不紧不慢地下去，只会影响我的努力前行，且让我早点儿警醒奋发——表达关爱的方式有多种，先是正面鼓励，而后反面刺激。朋友是条凳，当你学会走路时只好舍弃；朋友是段路，那么，就到此为止吧!

就是在这个时候，我才真正听懂了《找路的人》——

也许你曾经迷失自己但不要害怕

就当这个地方是你暂时的家

也许明天你要再度浪迹天涯

就让我一双祝福的眼眸陪着你出发……

半个朋友

○杨汉光

半夜里，有人敲开了刘刚的家门，来人是他大学时的同学林雪峰。林雪峰一身风尘，原本墨色的行李包变成了灰色，裤腿上沾有两小片草叶。他苦笑说：“我出来快半年了，跑了许多地方，还没找到工作。看，弄得一副狼狈相。”

刘刚赶紧招呼老同学洗澡，吃饭，安排他睡觉。妻子却悄悄说：“这个人住在家里我怪不舒服的，你得想办法让他快点走。”刘刚也担心林雪峰长住不走，可怎么好意思赶人家呢？妻子献计说：“我们推说要出差。他总不至于一个人赖在我们家吧？”

第二天早上，刘刚夫妻就跟林雪峰说，他们夫妻都要出差，两个月后才回来，很抱歉不能招待他了。林雪峰笑一笑说：“没关系，吃完早饭我就走。”

临走的时候，林雪峰说：“我想把行李暂时放在你的车棚里，不知道行不行。”刘刚说：“当然可以。”当即打开车棚门，让林雪峰把行李放进去，顺便给他一把车棚的钥匙。

第二天，刘刚发现车棚扫得干干净净的，墙角有两块折叠整齐的牛皮纸。他这才醒悟，原来林雪峰晚上在车棚里睡觉啊！刘刚愧疚地对妻子说：“我的老同学一定是走投无路才来找我，我却这样对他，太不应该了。”他要把林雪峰叫回家里来。妻子却说：“你疯了！我们已经说去出差，再叫他回来不怕丢脸吗？万一姓林的向你的其他同学宣扬，你还要不要做人？”刘刚问：“那怎么办？”妻子说：“以后我们不能在家里弄出太大的响声，晚上不要开灯，上下楼更要千万小心，总之，不能让林雪峰知道我们在家。”

从此，刘刚夫妻就像做贼一样生活，即使不坐摩托车，也戴着头盔上下楼，把脸面遮住。直到一个月后，在信箱里看到一把车棚的钥匙，夫妻俩才长出一口气。林雪峰只留下钥匙，没有留下地址，不知道去了哪里，只知道车棚的地面已经被他睡得又光又滑了。

真是天有不测风云，三年后，刘刚供职的公司破产了，他也像三年前的林雪峰一样，到处找工作，到处碰壁。正在心灰意冷的时候，忽然有一天，林雪峰打电话来，问刘刚愿不愿意到他的公司去——林雪峰已经是一家公司的经理了。

刘刚喜出望外，他问林雪峰：“你怎么知道我失业了？”林雪峰说：“其实我一直关注你。”刘刚惭愧不已，一时冲动，就说：“我……我以前骗过你，你知道吗？”林雪峰说：“知道，你和妻子一直在家，却骗我说去出差两个月。”刘刚问：“那你为什么还要对我这么好？”林雪峰说：“在我走投无路的时候，曾经找过许多朋友，结果没有一个人愿意收留我，只有你很爽快地把车棚的钥匙给我，让我住在你的车棚里。正因为有你的车棚，我才站稳了脚跟，才能继续去找工作。不瞒你说，那时候我身上只剩下十块钱。你比其他朋友好得多，我应该感谢你。”

刘刚一时不知道说什么好，两行泪水无声地流下来。

为一只狗手术

〇申　平

著名眼科专家华博士来鹅城为一只狗做白内障手术，这个消息让所有的人都大跌眼镜。新闻记者们更是纷纷挖窟窿掏洞，想把这背后的猛料曝出来。

华博士不是一般人，他是驰名国际的眼科技术权威，曾在美国、英国等一些著名学府、医院主持医学研究，论著丰富，观念超前，为国际医学界所推崇。他最近刚刚回国。而那只狗呢，它的名字叫做棒棒，是一只普通的导盲犬。棒棒的主人已在两年前去世了。它是怎么跟华博士这样的大专家扯上关系的呢？

谜！真的是个谜！

华博士行踪诡秘。他拒绝一切采访，只是要求鹅城的眼科医院为那只狗准备一间特殊的病房。这天一大早，老记们就堵在医院门口，严阵以待华博士和狗现身。上午9点，开来一辆面包车，车上走下一个戴着墨镜和大口罩的人，他的怀里抱着一只老狗。不用说，这肯定是华博士和棒棒了。跟着下来的还有棒棒的家人。记者们蜂拥而上，长枪短炮对着他一阵猛烈轰炸，但是华博士只说了一句话：你们别急，等棒棒出院以后我会把一切告诉你们的。

接着华博士和狗就进了特殊病室。据医院透露：华博士对狗的检查一丝不苟，甚至还亲笔为它填写了相关表格，整个程序做得认真到位。后来，棒棒就人模狗样地穿起了病号服，躺在推车上进了手术室，打了麻药以后，由华博士亲自主刀，为棒棒进行了白内障摘除术。手术非常成功，也非常顺利，之后棒棒又被推回病房，华博士服侍左右，等待棒棒的康复。

所有这一切，都使华博士的行为更加充满神秘色彩。

几天以后，棒棒的眼罩拆除，棒棒的眼睛重见光明。华博士抱住棒棒的头，和它久久地对视着，口中喃喃，不知道在说什么。华博士临行之前，应医院的请求给医务人员作一场学术报告，也顺便请新闻界的朋友参加，算是新闻发布会。由于事先吊足了人们胃口，报告厅里人头攒动，连过道上都挤满了人。

一会儿，华博士牵着棒棒出现在讲台上。华博士走到麦克风前，他说：亲爱的朋友们，现在是我把谜底揭开的时候了。我首先给大家讲一个故事：20 年前，一个刚刚毕业的眼科研究生被分配到鹅城当医生。他第一次做手术就出了事故。有位七十多岁的老人来做白内障手术，这位老人的一只眼睛已经失明，另一只眼睛视力很低，他希望能够通过手术提高视力。可是由于这个研究生缺乏经验，手术中竟然碰伤老人的眼底神经，致使老人的另一只眼睛也永久失明了。老人的子女找了医院领导，医院答应赔款20 万，并准备处分这个研究生。研究生害怕极了，他甚至想过出走或者自杀……

事情不知怎么被老人知道了，他先是把子女们骂了一顿，接着又找到医院领导恳求：第一，坚决不要医院一分钱赔偿；第二，坚决不允许医院处分研究生。老人说：我都七十多岁了，眼睛瞎了没有什么了不起，但是不能因为我毁了一个年轻人的前途。我们国家培养一个研究生不容易啊！从此，这个研究生发愤图强，不但取得了博士学位，还远赴欧美深造、讲学。当他认为自己的成绩足可以告慰老人的时候，他决定回国。回国做的第一件事就是来寻找老人，报答老人。可惜的是老人已经在两年前去世了。老人的家人说：老人的最后几年，多亏了一只叫做棒棒的导盲犬，它就是老人的眼睛啊！只是最近，棒棒的眼睛也失明了……

华博士说到这里声音哽咽了，他停了一下继续说：现在大家都知道那个研究生是谁了。我为什么要为棒棒做手术呢？只有一个心愿，就是想等它去了那边以后，继续当好老人的眼睛。

鹰　殇

○晓　立

茫茫草原坦荡而悠远，隐藏着无数的诱惑。鹰，尽展双翅，盘旋出天高云淡的风景。

他，一个古稀之年的老者，竟独自一人扑向这无边的绿色——已经三天三夜杳无音信了……

盛夏，生长着酷热；

马队，驰骋着焦急；

车轮，追逐着如血的残阳。

寻遍了方圆百里的牧落，找遍了无数条沟沟壑壑。平日里照看他的儿媳满脸泪痕，黑红的脸膛写满伤悲，哽咽着面对乡亲：爹好犟啊，大夫早就说他有高血压，偏去……说有要紧的事，就再也不见了……

新建的红砖房子里，拥进了好些人，老老少少的。他们看到老者平素的好穿戴摆在箱底，整整齐齐的。儿媳说，只有一套旧袍子不见了，还有那双补了又补的破皮靴。

人们来到老者不大的“工作室”，试验用品和一些器皿井然有序摆在橱柜里。透明的玻璃瓶子里装有多少不一的试验物，野生植物千奇百怪的……台子上的显微镜在那静静地伫立，仿佛在诉说一段鲜为人知的历史。那里，尚存着白蘑的幽香，缓缓地在室内萦绕。在人们眼前，老者忙碌的身影仿佛若隐若现，一会儿聚精会神地观察，一会儿又痴痴地埋在书本里。唯有橱柜上的那座鹰雕，叫人为之一震。那鹰眼闪闪发亮，展翅欲飞……

烈马喘着粗气，汗淋淋的；

车轮已经烦躁；

寻找的队伍累了，失望了。

火一样的太阳又一次匆匆地滑入地平线，留下血洗的残阳。牧村外围的杂草在劲风中悲鸣，风吹碧草低。

而此时，老者竟扑倒在这里，静静地，卧成雕塑：背对着苍天，一只手伸向远方，伸向草原的深处，如雄鹰展翅欲飞。瘦瘦的身体，也许再也经不住风雨了。一身旧袍子和那双粘了泥土的破皮靴，方能证明它的主人的身份。老者的身边还有半块干巴的面馍，半瓶水，一只透明的玻璃瓶，瓶里是几块蘑菇状样品，却早已干瘪。成群的乌鸦“扑棱棱”地在四周惨叫，揪人心肝。

家人哭成一团，好惨。这哭声伴着凄冷的夜风，惊动了半个牧村。络绎赶来的男女老少，挎着一个个篮子，挎着太多的失望。每个人眼中都是疑惑：昔日草地的风采哪去了？那沉甸甸的草原恩赐哪去了？

大家自觉地围成一圈，默默地祈祷这位当年发现草地食用菌的雄鹰，又用了二十几年时间研究其医学价值，写出好些论文。植物生态，这草地的精灵，被越来越多的人所认同。

有人不解，有人在叹息：为这一点干瘪的希望，就毅然扑倒在这茫茫碧野么？

老者的家人仍向人哭述：爹好犟……别人要去采样品他信不过。爹说，草地在一天天退化，这上苍的恩赐总有没了的那天呢。当年，留胡子的洋人吃了这鲜货，就用飞机拉走了原土原菌，回国搞栽培试验。哪承想，没长出一星半点。咱是草地人，喝的是圣水，吃的是神肉，没有搞不成的道理呀。这人工的栽培、菌种的培育如果还不行，我也尽力了，但死不瞑目啊……

许多人又潸然泪下，一个个用大袍袖子拭面。在他们心中，老者就是草原的苍鹰，终于飞累了，甘愿化入了家乡的泥土……

这时，书记来了，向他深深地鞠躬。儿子来了，帮他整理着遗物……

是夜，野风劲吹，旷野辽远而深邃。月光如水，不停地流泻向逝者，仿佛上苍在进行着庄严的洗礼。很快，大火熊熊地燃起来，映红了半个夜空和每一张虔诚的脸……

一座坟茔就在那高高的山坡之上。一只鹰挂在天空，迎风而翔，可以俯瞰好几个牧村，以及那遥远苍茫的地平线。

牵牛花开

○徐水法

那天，朋友站在我家的阳台上对我说："啧啧……住顶楼，这么大的阳台不好好利用一下，你看看，左左右右上上下下的阳台上哪个不是姹紫嫣红花团簇簇?"

我心里赞同却又无奈地说："花花草草，得有时间去侍弄它们啊！你看我，为稻粱谋忙得脚后跟儿打屁股，走路都带小跑，即使有这份闲情逸趣，也没时间啊!"

朋友嘴一撇："其实很多事想起来难做起来容易。许多人都以为花草娇嫩难侍候，其实有些花很容易养，搁那里十天半月记得时给它浇回水就行了。不信，我过几天给你送几盆来。权当试验吧!"

我心里嘀咕：每天案牍劳形，累得回到家就想趴下不起来。况且经年的脑力透支我已有轻微的神经衰弱，哪里会有心思来侍弄花花草草？真送来，说不定十天半月后我会害它们告别尘世的。不忍拂朋友好意，嘴里却说："好啊！我这从来没养过花的就权当新学一门手艺吧!"

说归说了，我也很快把此事丢之脑后，照样每天忙忙碌碌地填写打工生涯的履历。过了两个星期，我正在加班，朋友来电话说正在我的楼下，专程给我送花来了。想不到朋友真是一个信守诺言的人，我俩搬上五楼摆上阳台，朋友说这几种都是最容易种的月季、菊花等，得空时偶尔浇浇水就行了。晚风中，我俩站在阳台上聊天。嗨！这感觉真不一样，眼前顿时有些绿意葱茏起来。

从没有养过花的我开始还真不习惯，冷不丁想起阳台上还有几盆花好几天没浇水了。我跑到阳台一看，有的叶片略微有点卷缩外，问题并不严重。我赶紧给它们浇水。次日早晨去看，所有的叶片又舒展身子精神抖擞地在晨风中摇曳了。我担心花会出意外的心情，也和着晨风随着花舞变得格外舒畅起来。

又过了一些时间，朋友来看花。这次他带来一只纸杯，杯里有一棵高约半尺的绿茸茸的花苗。他笑眯眯地说："这是一棵新品种的牵牛花，开出的花不仅比普通的大一倍以上，花色洁白耀目。我总共两棵，特意送一棵给你，怎么养我会告诉你的。"我谢过朋友欣然收下，找了一个大花盆栽好。一只羊也是放，一群羊也是放，反正阳台上有好几盆了，还会愁一盆牵牛花吗？

不料，牵牛花来后，我的生活规律彻底改变了。朋友隔三差五打电话来，在太阳没出来时安排我给花松土、浇水。今天叫我去农资店里买点复合肥给花施上，明天又安排我找绳子把牵牛花的藤架搭好，后天又嘱我别忘记拾掇拾掇另外的花。这样一来，我这个平时喜欢熬夜睡懒觉的"夜猫子"，被朋友支派成公鸡啼晨了，只好每天太阳出来前起床把花儿拾掇好，晚上尽量安排早一点睡下。慢慢地，有事没事习惯于那个时候醒过来了。于是赶忙起床去收拾花草，没事就走到越长越茂盛的牵牛花架下看看花草，顺便活动一下手脚，呼吸一下新鲜的空气。渐渐地，牵牛花在阳台上长成了一顶绿色帐篷，其他的花也枝茂叶绿花艳。每次站在这一片红花绿叶中间，我倍觉心旷神怡、神清气爽。

过了夏天，牵牛花开了，大若酒杯，白得晶莹剔透，隐约还有丝丝馨香飘荡在空气中。诚如朋友所言，这不是一般的牵牛花品种。

约了朋友来阳台看我这几个月的劳动回报，两人都兴致颇浓，我真诚向朋友表示了谢意，让我这个养花的门外汉，收获了这满阳台的繁花似锦。

朋友却狡黠地笑着，意味深长地问："仅仅谢我的花苗和养花经吗?"

"难道还有其他……" 我被他问得一时领悟不过来。

朋友笑着说："难道你没感觉到自己的精神比以前好多了？晚上睡觉质量也有所改观吧!"

我顿时恍如梦醒。可不？以前晚上熬夜生活没规律早上起来也精神不振。往往临上班了才起床，有时弄得上班迟到，整天情绪不好。现在每天早上提前起床，从容上班，感觉身体比以前明显不同了，原来养花不仅悄悄改变了我的生活习惯，更改善了我的体质。

我紧紧拉住朋友的手不放，久久无语。忘记介绍朋友的名字了，他的名字叫友谊。

一块红烧肉

〇周　波

李同午饭后就去了屯子沟。

李同到屯子沟的时候，沟里满山遍野已弥漫起浓浓的黄昏炊烟。

这会儿，眼看就要进村子了，窝了一下午心火的他仍然没彻底熄掉。他老想着上午的事。

早上，他把信访局长叫到办公室了解县里情况，信访局长居然扛着一麻袋信访信件来见他。李同没料到上任第一天就遇上这样一个难堪的场面，他一脸震怒地从那袋信访信件中挑出一封来，而那信居然没拆封。

信是屯子沟的村民联名上访写的，村民们说村里干旱严重，想造口井解决生活用水问题，村民们还说因为经费的问题已是第十次向县里联名提出请求了。

李同到了屯子沟没去村委，就直接去了村支书老杨的家。

李同推开老杨家的院门，看见院内石磨边有一个老汉正盘腿坐着很惬意地抽着旱烟。

“你们是……”老汉看着眼前两个衣冠楚楚的陌生人，心忽然颤了一下。

“这是新来的县委李书记。”县委办主任解释道。

“县委……李书记？……”老杨有点木讷，他揉了揉眼，看着李同。

“今天来看看大家。”李同说话时把身子往石磨靠了靠。

“有啥好看，沟还是这条沟，村还是那个村。”老杨又揉了揉眼，却揉出一把老泪来。

李同的到来着实让老杨感到十分意外，他心里一阵嘀咕，现在的官咋变得神出鬼没了，没接到镇里通知说来就来了。打从上县城上访后，不知为啥，他就天天坐在这儿等那些当官的，可是等了几年也没有见到一个。今天居然来的是县委书记，不是一般的官，这让他感到很意外。

“能进去坐坐吗?”李同问。

“随便。”老杨说。

县委书记大老远跑到自己家里来，老杨做梦也想不到。老杨对当官的有成见，李同心里却很清楚。

晚饭的时候，李同在和几名村干部围着火炉子拉话。

“村里的生活怎样?”李同问。

“都很好。”村干部们齐声答道。

“集体经济呢?”

“还行吧。”

“那为啥为了一口小小的井就上访了十多次呢?”

“井？……”

李同这一问，把全屋子的人问住了。

“公事饭桌上聊吧。”老杨爱人看着大伙都哑巴一样不吭声，就出来打圆场。

晚餐只有三个菜——豆腐、青菜和红烧肉。办公室主任看不过去，正想说什么，却被李同一把按住了。

村干部很多已吃了饭，这会儿全让李同请上了桌。家里根本就没啥菜，能弄上一碗红烧肉对老杨来说也算是给足面子了。李同一直在看老杨，他很想从老杨的眼睛中读出点东西来。可老杨只顾着扒饭，连头都没抬一下。李同觉得很有意思，对他来说这样的场面还是第一次碰到。在来这个县之前，他到过的穷村多着呢。

李同夹了一块肉往老杨碗里放，老杨原本吃得很认真，突然见有东西从眼前飞过来，就捧着碗避让。李同不注意老杨这一手，夹肉的手忽悠忽悠颤抖了几下，一不小心就把整块肉掉在了地上。

“呀!”老杨失声叫着。

“没关系，我来捡。”李同边说边弯下身子用筷子轻轻地夹起了那块肉。

老杨依然木讷地望着李同，他想不出这个县委书记会怎么去处理这块肉。李同没把那块肉放在桌子上，而是用嘴吹了吹沾在上面的沙土，然后放进嘴里有滋有味地咀嚼起来。

这个小小举动让满桌子的人惊呆了。

“李书记，你是好人哪!”老杨深情地说了一句。

“我小时候在农村经常遇到这样的事，习惯了。”李同笑着说，“今天要不是见到大家的上访信，现在我不会在屯子沟吃饭，不过这顿饭迟早是要吃的。”

那晚，李同就住在了老杨家里。

屯子沟的村民后来都说，李书记其实那晚根本就没睡在老杨家里，他和老杨两人一直沿着屯子沟村的小溪慢慢地走到天亮，至于两人说了些啥话，谁也说不清楚。

关于父亲的爱与恨

○窦志星

父亲走之前，他的妻打电话给我。我和外婆赶去医院看他，他已经说不出话了，着急地舞着手。他的妻明白他的意思，忙去找来纸和笔给他写字，可他只能写下一堆连笔画都算不上的线条。他的妻眼泪扑簌簌落下，昨天还能写，今天就连字也写不了了。

第三天，他连人也不认识了。整天睡，醒来也是两眼茫然，四处看看又睡过去。

守了父亲三天后，我对妈妈说，我不能去了。我怕听到电话声，所有电话都让外婆去接。两天后，外婆接到父亲走了的消息。我没再去送他。我一直都明确自己是恨他的，现在不知还该不该恨。我一直躲着，躲到叔叔和姑父来接父亲回老家。叔叔、姑父和我很亲，一直回忆我们在一起的往事，我想，以后我们可能更难得在一起吃饭了。父亲不在了，恩恩怨怨也就烟消云散了。

父母在我七岁时离异。那时家人总说父亲出差了，问了两年我才意识到父亲不会回来了。我和父亲成了两家人。我不知是怎么想明白这件事的，一旦明白了心也就空了。两年后父亲来看我，带了些东西来。他带来的东西我一概不要不碰；他对我说话，我也不回应。父亲总是叹气："唉，这个娃娃……"

我不再是他的娃娃，不再是他下班回来抱着亲的娃娃了。

父亲以前是很宠我的。一次，我趁他睡觉，放了一颗黄豆在他耳朵里看能不能长出芽来。父亲因此差点聋了，到医院去做手术。妈妈非常气愤，主张狠狠打我一顿，父亲不让。

我不知道父亲为什么要离开我们，依稀记得他们吵过几次架后父亲就没再回来。我认定了是他不要我们，铁了心想：他不要我们，我更不要他。我有千百个恨他的理由：是他让我从九岁开始躲着人悄悄地哭，天天哭，不需要任何理由地哭；是他让我在妈妈的新老公面前想让自己死掉算了；是他让我有义务做个乖乖女，没有权利反抗，不然就是不知好歹……我唯一能做的就是躲着流泪，流着泪恨父亲。

高二时，我们在街上遇到了。父亲西装革履地从对面走来。我站住看他，他瞟了我一眼，这一眼就像在看路边的一根电线杆，没有任何表情。我转身看他，他又回头看了我一眼，没停步，走了。同学叫我，我趴在她肩上就哭了。

因为父母的缘故，我一直不敢恋爱，拒绝、害怕。直到遇到某某，才体会到要相守才活得下去的感觉。相恋四年，对方家人一直在催促结婚，我拖着不结，最后选择放手。我不敢结婚，但不能误了人家。

后来我们搬了家，父亲打听着找来了。当时我在上第二专业，父亲说想找点事给我做。他的境况早已今非昔比。他曾经是国企厂长，他曾经在闹市有一个海鲜酒楼，可现在他去给人打工了。他不想让女儿再去打工，看到代理消息就赶紧租了一层楼说要给我开公司。我仔细核算过，认为利润空间不大，告诉他，他又想办法退租。

那天跟他谈代理的事，谈完他送我回家。到小区门口了，他说：“先吃点东西你再回家吧!”我拒绝，他坚持，看他有些急，我就答应了。我们进去，他点了许多东西，移到我面前，催我吃。我上小学时，他也带我出去吃过东西，我不愿意去，外婆推着我出门。他也点许多菜，吃不完也让我带回家。事后，我总想起和他一起吃饭时他的笑容。也许，这么多年来，他是盼望着和我一起吃顿饭的。

代理的事没做成，他又去跟人谈加盟，加盟费20万，自己选地址租房子。不让在昆明区域加盟，对方说如果愿意到大理开店就可以考虑。我不去大理，我是要守着外婆的。父亲后来又来过一次，说有人准备跟他合作开家公司，股权三分。我问是做什么，父亲说，他先去北京考察，合适了再回来告诉我。

这是2007年春节前的事。再见到他时，他已躺在医院的病床上不能说话。他的妻说，春节前他就鬼鬼祟祟不知在搞些什么，春节时离开家差不多一个星期，回来就喝闷酒。大年初三晚上，喝着喝着，一头栽到地上，送到医院就不能说话了。

我知道这个星期他去了哪儿。一定是去北京了，还可能让人骗了他要给负疚多年的女儿“做点事”的私房钱。那些酒是多么灼热地烧着他的心，我还能恨他吗？他用他的命来还我。

后来，有亲戚来家里玩，提到父亲当年去他们家求他们给妈妈说情，想要复婚。妈妈没给他机会，离婚后闪电再婚了。

父亲走后半个月，我梦到他。他站在床边对我说，我现在不能再照顾你，这辈子对不起了。你一定要幸福起来，一定！我一下子惊醒了，想到是父亲来与我告别，泪如雨下。

父　亲

○符浩勇

时序刚过秋分，离寒冷还要一些日子。

窗外，连日来阴晦的天空，不间歇地筛洒着毛毛细雨，飘得我一度恹恹的心情发潮。今天早晌，我的几个大学毕业后从未聚过面的同学好友早就约好，今夜到我这重叙友情，这无疑就像霉暗的屋子洒进一缕灿烂的光芒。

刚吃过晚饭，我正洗碗，门就被敲响——准是他们来了。咚咚的敲门声擂得好重。唉，都进入社会谋生了，怎还像当学生时那样冒失。我上前打开门，不由一惊：哦，是父亲，他从乡下来了。

父亲裹着一件半旧不新的大衣，头发上挂着零星的雨珠，瘦削的脸孔上一双眼睛却十分有神，背上还驮着一只鼓鼓的布袋。我脱口而出："爸，你怎么来了？"

父亲似乎显得很不安，讷讷地说："家里闲，今早晌拔了花生，你娘惦着你，就嘱我来……"说时，他放下布袋，抹了抹头上的水珠，才慢慢舒了一口气，对我巴结地一笑。

我本能地问："吃饭了没有？我来煮……"心里却有一缕隐隐幽怨，那时候，妻子到一个边远的乡镇蹲点去了，我的饮食靠自起炉灶，自然有许些不便。父亲仿佛意识到什么，阻拦我："别煮了，我吃过了……刚才……刚才在街上。"

我没有迟疑，抢过话："别说谎，挨饿的可是你。"说时，还是执意淘米。可父亲很倔，上前拦住我，不停地说在街上吃过了，说时他已操起扫帚，打扫地板。

刚刚收拾停当，我三个同窗好友来了，二男一女。两个男的在高中读补习班时，一起住在一张宽大的床上。大冷天，一张薄薄的被毡你争我夺，夜里几十个轮回还未见天亮。后来，都考上了大学，虽然不同院校，却书信不断，常有联系，可参加工作以后尚未聚面。那个女的是高中时大家公认的校花，班上的男孩都倾慕她，但表示好感的手段却引起她的反感。记得有一个雨天，她去食堂打饭，我给她送过伞，换来的只是一句谢谢，尔后就是无言的结局。至今，她已成为别人亮丽的风景，但大家聚到一块，仍是哥们铁姐般的朋友，有一句名言说得好，只要彼此爱过就是无憾的人生。

父亲显得热情过剩，格外勤快，喜滋滋地端出从家里驮来的花生。花生是刚从地里拔起就用水煮熟的，吃时有一股原汁原味的香气。

我的同窗好友坐下，尝着花生，都说父亲好疼我，羡慕我有这样憨厚慈祥的父亲。

父亲拘谨地坐在一边，不时还插上话，我的同窗好友显得很客气，对他嘘寒问暖，还询问起乡下收成年景。父亲一点也不生分，絮絮不休地作答，甚至忘情地唤起我的不悦听的曾在中学时就惹女同学取笑的乳名。

花生终于在毕毕剥剥声中吃腻了。

我趁着父亲上洗手间的机会把五十块钱塞给他，说："爸，今夜影剧院演琼剧，海口剧团的《狸猫换太子》，是新剧目，育明演主角，你去看吧，顺便将花生壳端去倒了。"

我深知父亲喜欢琼剧。我读中学时，每逢附近演琼剧，他总是跨上自行车走村串户去看。参加工作后，我不时回乡下，就买几盒新版的琼剧磁盒带给他。如今剧院正逢演戏，他当然高兴。他向大家道过再见，就飘然出门去了。

父亲一离开，我的三个同窗好友就更无所顾忌，海阔天空地聊叙起来，说什么在婚姻上有温暖的家庭并不温馨，有可爱的妻子却未倾心；说什么在情场上只在乎曾经拥有，不在乎天长地久……

时间过得真快，夜渐渐地深了；不知不觉间，子夜已过。

我的三个同窗好友起身告辞，我送出门外，忽然记起父亲还未回来。这时候，影剧院早该散场了，他到哪里去了呢？于是，我转身回屋，找出一件大衣，出门去。

街上，毛毛雨仍在溟濛地飘洒着，寒意伴随夜幕明显地浓重了；几间临街的店铺开始打烊，回响着关门的咿呀声，我沿着剧院的方向寻去。

远远的，我就看见高大的影剧院大楼已漆黑一片，门前几盏昏黄的路灯疲倦地睁着眼睛，小商贩们已收拾起夜市的摊档。父亲，你到哪里去了？

我在影剧院门前的台阶上徘徊，向四下黑暗的角落找寻。父亲，你在哪里？

忽然，我发现一个栏杆处倚着一尊佝偻的黑影。我疾步过去，哦，果然是父亲。他睡着了，手里还抓着一只煎煳的葱油饼，他或许来的时候压根儿就没在街上吃过东西……

我犹豫再三，不忍唤醒父亲，他瘦削的脸孔显得十分疲倦而苍白。但寒意渐渐更重了，我脱下大衣，披在他单薄的身上，他却恍然醒了，不经意地对我歉意地一笑，陡然，豆大的泪珠已漾满我的眼眶……

皮 靴

○谢志强

那天，皮靴匠艾合拜收到一张汇款单，既没有汇款人的姓名，也没有汇款人的地址。他觉得蹊跷。起初他以为汇错了，可他这爿皮靴铺子的门牌号码却准确无误，而且这条街唯有他这一爿皮靴铺子。这笔款的数额恰恰是两年前一双皮靴的价格。年底，他不得不取出了款，单独把钱放进一个小匣子里。他等待着钱的主人出现。

第二年，四月二十七日，他又收到同样数额的一张汇款单。他想想这三年，并没有客户赊账，或者预订靴子。他记起去年也是同一个时间收到的汇款单。他反复念叨这个日期，记忆里却一派空白。他已经五十出头了。他头一次疑惑：我是不是老了？小镇里，每一张面孔他都读熟了。而这个汇款人肯定是一个过客。他确实想不起了，他只关注他的皮靴，极少去注意陌生客户的脸。

又一年的四月二十七日，他接到汇款单，他捏着汇款单不知如何是好。他说：要不，你帮助退回去。可是邮递员说：没有汇款人的姓名地址，怎么退？他说：是呀是呀。他自语道：要订购皮靴，也得写清号码呀。他仍旧将钱取出，小心翼翼地叠在小匣子里。他相信那个人一定会出现。

之后的两年，同样的日期，同样的数额，准确无误，然而，艾合拜期待的人却迟迟不露面。甚至，有时他常常瞅瞅街道的拐角，仿佛那个人正神秘地窥视着他。他挑选了一张质地最佳的皮革，挂在临街的墙壁上，一旦那个人出现，艾合拜便打算询问他的脚码，或许，那人要订做一双特别款式的皮靴呢。艾合拜正盼望着显示自己的手艺，他能从街道来往的人流中认出自己的手艺，像一个老人慈祥地望着无数的孙子孙女。

这年，仍是四月二十七日，邮递员塞给他一封信——汉语信。他连忙赶到镇里，请留一部美髯的翻译读给他听，翻译穿的皮靴也是在他这儿订制的呢。

“敬爱的鞋匠：

请原谅，至今，我不知如何称呼您。当初，我在您这儿买下一双皮靴却忘记问您的姓名。我买靴子的情景您肯定记得起来吧？因为，我发现您的表情有点不悦，而我，反反复复检查皮靴的每一个部位，这大概伤了您的自尊。实践证明，您是这个世界上顶呱呱（维语该叫亚克西吧?）的皮靴匠。您说：出了毛病我不要你一分钱。不过，您不知道，这双皮靴不能出一点麻烦呀。我这里真诚地感谢您，这双皮靴救了我们——我们三人组成的探险队。我们横穿了塔克拉玛干沙漠——塔克拉玛干，有人译为‘进去出不来’，有人译为‘过去的王国’——我们却走进这‘过去的王国’，出来了。不过，我们差一点出不来了。我的两位朋友，因为断水，躺倒了，我凭着一线希望，翻过一座座沙丘，竟发现了一条干涸的河床里的一个积水潭。当时，我用了您制作的皮靴盛了水——它滴水不漏。我们走出了沙漠。那天，是四月二十七日。每年的这个时间，我都想念您。我将您的皮靴搁在玻璃橱里。我已经无法来拜访您了，我是多么想再看看您那个皮靴铺呀！”

梦中的红雨伞

〇马均海

午后，静静的小路上，微风细雨中，一顶红雨伞向他缓缓走来。

伞下是位美丽的花季少女。

她与他擦肩而过时，向他微微一笑，并飘过一缕令他迷醉的芬芳。

雨丝中的红雨伞像轻雾中的一朵红莲，又像一支抒情的歌，在他的视觉和心中，美得妙不可言。不知为什么，眼前这道动人的风景，使他一向孤独的心骤然生动起来。

他呆立在雨中，一直目送她走进教室。

他知道她是县委书记的女儿，是这座小城高傲的公主。她聪明伶俐，才貌双全，各方面都很优秀，就是性格有点孤傲。有一次，不知何故，她当着一名男生的面，愤怒地把手中的纸撕成碎片，并狠狠地掷了过去，搞得那名男生狼狈不堪。从此，男生们都称她是冷美人。尽管如此，许多男生仍然很喜欢她，只是不敢贸然去接近她。

不知怎的，自从那次与她在雨中相遇后，她投来的微笑使他对她产生了一种莫名的情感，他朦朦胧胧地感到这种情感可能就是一种爱。但他清楚地认识到，自己的想法是荒谬的，是可笑的。因为他来自贫穷的农村，而且相貌平平，无论从哪方面而言，都是与她无法相比的。他想把她当梦一样很快地忘掉，但她顽固地占据了他的心，并与日俱增地向他的内心深处渗透。这种莫名而奇怪的情感令他痛苦，令他忧伤，同时也令他奋发向上。

她一次次地闯进他的梦里，他的心一次次地悸跳着。这种甜甜的苦苦的暗恋成了一种巨大的动力。从此，他努力改变自己孤僻的性格，积极向生活微笑，并发奋苦学，没明没夜地读书，学习成绩在不断地上升。一年后，在县教育局举办的数学和物理大赛中，他夺得了两个第一。捧着锃亮的奖杯，他哭了。他知道，如果没有她，他仍然是只孤独而自卑的可怜虫，绝对不会站在如此荣耀的领奖台上。

走下领奖台时，她向他投来祝贺的微笑。他记得，这是她第二次对他微笑。此时此刻，他真想把心中的千言万语说给她听，把这次获奖的秘密毫不隐瞒地告诉她，但这些话语只能化作滚烫的波涛在心中澎湃。他抑制着幸福和激动，在她的微笑中匆匆而过。

高三那年五月的一天，天上落着小雨，他孤零零地站在郊外的汽车站牌下，等待着回家的汽车。微笑把无数的小雨点梳理成细细的雨丝，柔柔地飘落在大地上，飘落在他的脸上和身上。他没有带雨伞，因为他喜欢小雨，对小雨有一种特殊的情感，尤其是那次与她在雨中相遇后，他更爱雨了。每次下小雨时，他都长时间地站在雨中，去追寻和回忆那美好的画面。望着远处烟雨中的校园，想想就要高中毕业了，想想毕业后今生今世可能再也见不到她了，他的心感到无限的隐痛和惆怅。雨还在不停地下着，他的头发上已结满了许多个水珠。就在这时，他忽然发现远方有顶红雨伞，正向这边缓缓飘来……他忧闷的心情一下子激动起来。他在心里虔诚地祈祷着，祈祷伞下有位美丽的少女，而这位少女就是她；祈祷着红雨伞能来到他的身边。正当他想入非非的时候，红雨伞停了下来，然后改变了行走的方向。他马上意识到刚才的闪念太荒唐，太幼稚。这怎么可能呢，怎么可能是她呢?

雨，仍然不停地下着。他无力地倚在站牌的水泥柱子上，微闭着双眼，心里有说不出的孤独和感伤……忽然，他感到眼前似乎出现了淡淡的红光，如同梦幻一般。他慢慢地睁开眼睛，天哪！原来是把红雨伞罩在了他的头顶，这正是无数次闯入他梦中的红雨伞……

她羞涩地微笑着……

快乐情人节

○刘国芳

情人节这天，韦很想给苏子送一束玫瑰。

街上到处都是卖玫瑰的女孩，她们都走近韦，看着他说："先生，要玫瑰吗?"韦犹豫再三，还是不敢买。苏子不是韦的情人，只是一般的朋友，韦想给她送玫瑰但又不好意思。又过来一个卖玫瑰的女孩，缠住韦不放，女孩说："先生，你买一束玫瑰送给你的情人吧。"韦摇摇头说："可是我没有情人呀。"女孩说："那送给你的妻子。"韦笑了，跟女孩说："给她送玫瑰，那不是找骂呀？前年送她一束玫瑰，当时就被她扔了。"女孩就很失望了，转身要走，但韦这时问起她来，韦说："一般的朋友可以送吗?"女孩想了想，回答说："也可以吧。"韦看见女孩答得很勉强，再次犹豫了。

但韦还是不死心，他很想买一束玫瑰送给苏子。为此，韦还在街上转。后来，韦就转到了赣东邮电所——苏子在这儿上班。见了苏子，韦问她："收到玫瑰了吗?"苏子淡淡一笑，回答说："我哪收得到玫瑰呢。"韦说："你丈夫没给你送吗?"说过，韦发现这是一句废话，前不久苏子已经跟丈夫离婚了，那个人不可能给苏子送玫瑰了。苏子在韦说过后叹了一声，然后说："他如果会送玫瑰，我们也不会走到这一步。"韦说："那找一个人给你送玫瑰吧。"韦这话有点开玩笑的意思，他希望苏子说：那我找你，你送一束玫瑰给我吧。但苏子没这样说，苏子说："我还找得到给我送玫瑰的人吗?"说过，苏子又叹。这时，一个女孩捧着一束玫瑰来了。

女孩进来后开口问道："请问哪位是亚兰小姐？"苏子身边的一个同事听了，兴奋地叫起来，我就是。然后接过玫瑰，一脸的灿烂。

接下来，又有一个女孩捧了玫瑰进来，送给苏子的另一个同事。同样，这同事接过玫瑰，也是一脸的灿烂。

苏子知道那些玫瑰不是送她的，她连看都没看一眼，只低着头做事。韦这时走了出去，他决定无论如何也要送一束玫瑰给苏子。

半个小时后，一个女孩捧着一束玫瑰走进了邮电所，女孩喊道："哪位是苏子小姐？"

苏子以为听错了，不敢回声。还是她的同事提醒她，苏子才知道女孩手里捧着的玫瑰是送给她的，同样，苏子脸上灿烂起来。

过后，韦的手机响了，苏子打来的，苏子说："是你送的玫瑰？"

韦否认，韦说："不是。"

苏子说："是你送的，我知道，除了你，没人会送我玫瑰。"

韦就承认了，但有些不好意思，韦说："我没有别的意思，我只是想送你一束玫瑰，一直以来，我都想送你一束玫瑰。"

苏子说："为什么呢？"

韦说："我也不知道为什么，就是想送你一束玫瑰，让你快乐。"

苏子说："我很感动。"

韦说："我真的没有别的想法。"

苏子说："我知道。"

韦说："你不会怪我吧？"

苏子说："我怎么会怪你呢？我很快乐，这个情人节我很快乐。我虽然没有情人，但我终于有了一个快乐的情人节。"

韦说："我也是，在没有情人的情人节，我也觉得很快乐。"

他们的电话到这儿就结束了，一个女孩，在韦放下手机时把一束玫瑰伸到了他跟前，女孩说："先生，买一束玫瑰花吧。"

韦笑了笑，韦说："我已经买了。"

冬 逝

○连俊超

一直如此，冬日阳光细微的触角会轻轻扯起外婆的嘴角；而北风大呼小叫的时候，外婆的皱脸和塌陷的小嘴都绷得紧紧的，像逼仄的天空一样毫无生气。

早些时候，外婆常跟着外公和村里老人们一起躺在村中间的那堆玉米秆上，任由冬天的暖阳在身上随意攀爬。他们说说笑笑，仿佛年老只是与他们无关的另一件事，而遇到寒冬时，老人们只得焦急地等待下一站——春天。外婆常常抓着我的手说："哎呀，你可不知道你外公咋熬了那么多冬天。"

是的，那是一些走在外公一生里的冬天，不是我的。"你外公到底没有抵过那个寒冬。"外婆说，"迟早也会有一个寒冬把我留住。"我知道，寒冬是他们生命中最坎坷的一章。多少个寒风吹彻的冬天，村中间的那堆玉米秆上没有老人的身影和笑声，完全是寒冷的地盘。那时，外婆坐在家里，望着院里被风吹得满天飞扬的落叶尘土，神色呆板，噤声不语。我常常想，可能外公离去的那个冬天整个村庄都没有老人的声音。

外公离开之后，连续几年的暖冬让老人们格外欣喜。他们随便找一堆秸秆就躺下，抽着旱烟，谈论那些先他们而去的伙计们以及来年生机盎然的春天。外婆常常念叨，这样的冬天可真叫人喜欢。她拄着拐棍在村庄里到处转悠，敲击着欢欣的鼓点。她似乎忘记了走远的外公，独自过得毫无牵挂。

那一年，一股强寒流使所有人都给冬天冠上了“寒冬”的别名，而它自身也在证明着这一切。时间一样漫长的寒冷、平原上肆无忌惮地奔跑的长风以及神情严肃的天空把冬天折磨得不成样子。

外婆双手紧紧握着拐棍，像握着一双温暖的手。她不安地在屋门口立一阵，又踱到院中间。北风不停地把树叶捧起来、撒出去，乐此不疲。外婆手里的拐棍“咚咚”地跺着地，她嘴里咕哝着，似乎喃喃有语。我招呼她到屋里来，她却扭过脸问：“这个寒冬啥时候过去?”她的言语显然被冻得瑟瑟发抖，在空中不停地打战。我走上去把她搀进屋，说：“很快的!”外婆坐在屋里，目光仍然紧紧抓着北风的头颅。

夜里的风往往兵力大增，气焰更嚣张。月亮眯着眼睛，悄悄朝村子望一眼，便躲了回去。一连好几夜，外婆轻轻的叹息声在瓦屋里飘荡。母亲走到床前，问她怎么回事，外婆仍旧只轻轻叹息一声，说：“没事，你们睡去吧!”母亲追问，外婆便自言自语似的说一句：“也不知这冬天啥时候过去。”然后便转过脸，不再吭声。

外婆总是在老天爷还没睁开眼时，便早早起身，拄着拐棍站在门口或窗前，朝哭丧着脸的天空望一阵，叹着气，在屋里来回踱步。

那个傍晚，外婆不安地朝门外走去。我跟着她，问她要去哪里，外婆含糊不清地答道，在村里转转——她却径直往村外走，一直走到麦田的小路上，然后无声地立在那里，神情呆滞得犹如褪色的故事。风掀开了外婆的头巾，她的满头银发便成了广袤天地间唯一的一绺白。半晌，我不知该说些什么。旷野的风鼓足了力气，和我们较劲。外婆的拐棍不停地在地上击打，似乎在数落北风的不是。

过了一会儿，外婆哆哆嗦嗦地转身往回走了。我忙跟上去搀着她，外婆又回头朝荒野望了一眼，说：“我看了，今年的寒太厚了，整个冬天也不会暖和起来了。今年可不好熬了!”我给外婆紧了紧棉衣，说：“这不才入冬嘛，说不定过几天就暖和了呢!”

当天晚上，覆盖村庄的一场大雪把我的预言击得像雪片一样粉碎。外婆感叹道：“雪也来了！”

那天，几个老人坐在外婆的里屋，为那个漫长寒冬的到来感慨不已。我听到外婆叹息道：“难不成老天爷想把我留在这个冬天？”几个老人说：“慢慢熬吧，过去就过去了，打春天一转暖，又是一整年！”他们走后，外婆没有再站到门口望天。她说腿开始疼了。多年前的冻伤已经找上门了。她不再下床，但她一直睁着眼，凝视着屋里的某个无趣的角落；她支着耳朵，仔细地听着寒风凄凉的怪唳。

一场场北风吹过，外婆喃喃自语：寒是越来越厚了，这个冬天怕熬不过去了！

一场场大雪下过，外婆只是瞪着恐惧空洞的双眼发呆。

外婆的身体像北风一样越来越瘦。那个清晨，风和雪一起来了，外婆走了。

此后几天，风渐渐停息，雪慢慢消融，冬日的一缕暖阳害羞地露出了娇嫩的脸。她一到来便定居了，还招来了更多的同伴。温度计的水银柱开始升高，村里的玉米秆堆上逐渐热闹起来，老人们笑逐颜开。

——那是我经历过的最暖的一个冬天。

我默默地说：“外婆，这是一个暖冬！”

我知道外婆已经走远，再也听不到我的声音。

红小豆

○陈绍龙

“没有红小豆，引不来白鸽子。”

我被我妈打一鸡毛掸子显然是上了这句话的当。

我老家房子挺高的，房两面耸有两扇“风火山”。檐角高出屋面有一米多，防风防火的，所以叫“风火山”。高翘的“风火山”成了鸟的栖息地。来“山”上栖息的喜鹊、斑鸠居多。听着鸟的叫声，我便能分辨出“风火山”上站有什么鸟了。那些天那只小白鸽叫得我心里痒痒的。我正在屋里写大字呢，它“咕咕、咕咕”不停地叫。这是谁家的鸽子？不理它。我干脆用两食指将耳眼堵上。小白鸽呢，像是故意逗你，依旧“咕咕、咕咕”叫个不停。

两篇大字写完，小白鸽还没走。见着我，还“咕咕、咕咕”地点头，像跟你打招呼，嗨，客气着呢。这也让我跟着客气起来，从坛子里抓出一把红小豆来，撒在门前的石阶上。吃吧，吃吧。

小白鸽没给面子，它没来。我估计石阶上的红小豆叫鸡啄了。

第二天，我又在石阶上撒了红小豆。

小白鸽谱摆得也够大的。事情败露是我妈发现门前的石阶上老是有豆。我妈自然对我没有好声腔，拿起鸡毛掸子就打我。我呢，一闪身，只看到有两羽鸡毛在空中飘了起来。

我没少打那坛红小豆的主意。

秋李郢的孩子尚武，爱使“刀枪”，那年做“驳壳枪”，红小豆派上了用场。“驳壳枪”的枪管是一节竹子。起先“子弹”用的是湿纸。竹竿两头通，两头各用一小团湿纸堵上。“开枪”时只消用削后的筷子做的“枪栓”猛地将一头的湿纸向前推。受空气瞬间挤压，前头的那团“子弹”就飞出去了。湿纸有水分，便冒出“白烟”。有动静、有威力，“驳壳枪”受小孩子的欢迎。只是那湿纸做子弹力道不够，而且湿纸要用干纸在嘴里不停地嚼。再说，哪有那么多纸呢。我自恃聪明，用浸过水的红小豆替代湿纸。红小豆有子弹的模样，用红小豆做子弹，声响够威够力。“试枪”那天恰巧看到一只芦花公鸡，我举枪便瞄。“叭”的一声，鸡飞有一尺多高。这回，真的有两片鸡毛在空中飘了起来。

我哪里知道那只芦花公鸡是李三丫家的。这事一定传到了李三丫的耳朵里了。李三丫要么不理我，要么就对我没有好样子。明明是走对面了，她却故意装作没看见我似的，形同路人；她借我橡皮，转身就掰我的文具盒，没拿自己当外人，连个招呼都不打，用过之后，又转身朝我面前一扔，像使小性子。天地良心，自打我那一次“试枪”之后，我再也没用红小豆“子弹”打过李三丫家那只芦花公鸡。

其实，事情并没有我想象的那么糟。

之后我见着李三丫便斯文了许多，也很少玩“驳壳枪”了；重要的是，我用那没用完的“子弹”做了只“手镯”送给了李三丫。她喜欢用地里的凤仙花汁涂抹指甲，估计会喜欢我送她的“草根首饰”。果然她欣然接受。那天她接过手镯戴在手上之后，便飞也似的跑了，脸颊跟红小豆一样红。

“红豆生南国，春来发几枝。愿君多采撷，此物最相思。”后来我一直想把这首写红豆的诗告诉李三丫，却一直没好意思说出口。

你未老，我已衰

〇马　艳

相遇时，他们是两朵开放的花，青春正浓。

致命的吸引力，足以抵抗一切外来的压力和阻力，他们结婚了。

谁也看不出来，她大他十岁。他们是如此般配的一对可人儿，爱情让他们彼此的眼里，除了对方这个人之外，再也看不到其他，再也看不到更远，也无需看得更远。爱就爱了，哪有那么多顾忌？

爱情的夏天再火热，也一定会过去，那一树密实叶子泼出来的油画啊，渐渐变得淡下来，沉淀出秋的深沉与厚重来。

她渐渐发现爱情不是婚姻，而婚姻附着的那些世俗东西，一一从周遭浮出来。她发现，他们的婚姻，缺少平衡。令她惴惴不安的，是年龄的差距。她眼里的隐忧，他看不见。他还是当年的那个他，青春正好。青春往往是自恃的，一切都很美好，所以他不担忧。她跟他讲，她害怕变老。他笑，我不是一样在变老么？她知道他在安慰她。

她是真的在变老，而他，不过是正在长大。怎么会一样呢？她不再提及这个话题。

她偷偷对着镜子拔下发际的白丝，用特效抗皱美容霜，悄悄关注一切与抗衰老有关的新闻、话题、广告。这一切，都无法阻止青春一点一点地消失。她眼角的鱼尾纹，一天一天残酷地醒目起来。

更让她焦虑的是，她再不能跟上他的步伐；她再也不能陪他熬夜至凌晨两点，她害怕第二天以两只熊猫眼和一脸憔悴面对他；她不敢和他一起去游泳，她的体型穿泳衣已不再好看。

而他，也跟不上她的步伐。他渐渐褪去了青涩，显出一个男人的成熟与庄重来，如玉，如酒。他身边围绕着的，是青春正好的女孩子。她那些有口难言的心事，一点一点，将她的自信磨蚀掉。他，为什么不能跟上她的步伐，一起老去？

他，是知道她的心事的吧？他从来不提过生日的事情，只是无意地，在生日将近时，给她礼物。可是，越是这样，越让她感觉，年龄于他们，已不再无足轻重了。

她终于决定离开他。他问为什么，她说："因为你跟不上我的步伐——老去的步伐，我等不及你变老来陪我。我不想你看着我变老，我不想看你疼惜的眼光，我不想一个人寂寞地老去，而你，无能为力。"她还有难堪未说出口的：她更怕别人问他，她到底是他的阿姨还是妈妈。

她绝望激烈。他黯然无语。

他们都是勇敢的人，豪情万丈地爱过。最终的结局是，曲未终，人已散。

是谁说，相爱就好？那么请你有足够的心理准备去平衡学养、见识、兴趣、家世等等带来的差距吧。倘若这都不算问题，那么巨大的年龄落差，你该怎样去平衡呢？因为爱情乌托邦里，也没有长生不老药。

君生我未生，我生君已老。恨不生同时，日日与君好。

十年，对于历史长河来说实在短暂，而对于人来说，却已是沧海桑田了。

锔匠

○杨海林

在我们这里，锔匠，也被称做补锅的。

似乎，锔匠只会补锅。

每次，我们这里的乡下逢集，清江浦的锔匠就来了。

推着一个小独轮车，左边，是一个小的煤炭炉子。右边，是一些很零碎的工具：一个笨重的铁撑子，一个长长的羊角锤，还有一只掏空的牛角。

在一个不很热闹的地方放下车，锔匠取下铁撑子，前前后后地看一会儿，这才打开来撑在地上。

这才向人家借一把铁锹，在脖子上拴了那只空的牛角，到附近的沟沟坎坎寻一种油泥——是一种发红的黏土。这种黏土，只能现用现挖，一点不能马虎。挖到了，先弄掉外面包着的一层沙，端详它颜色的红润程度（太艳，则说明尚未长熟；太暗，则说明它已经熟透，不堪使用了），辨别它的纯度，揣摩它的黏性。

拳头那样大的一坨油泥，没有一个时辰的工夫，锔匠是搞不妥的。

油泥有了，还要掺上糯米汁和猪肝合捣成胎泥。

装到空的牛角里。

这时，徒弟早已生好了炉子，面前的铁撑子上，也摞了好几口锅。

锔匠规规矩矩地坐到一个马扎上，看徒弟将那些锅漏水的地方用羊角锤敲出一个个圆，他自己则根据这些圆的大小，在炉子上设计出对应的锔钉。

胎泥，是夹在一副锔钉中间的。

这个锔匠在方圆数十里很有名气，据说他补的锅很耐烧，有的锅被主家铲得像一层薄纸，他补的锔钉还是好好的。就是存心磨掉锔钉，中间的那层胎泥，也绝不会掉的，它，已经和锅铁连成一体。

都知道锔匠是清江浦人，也有人去过那里，却从没有人在哪条街巷里见过他。

问锔匠，锔匠就笑，清江浦那么大个地面，你们，都到得了？

想想也是，清江浦那么大，一个小小的锔匠铺，谁会在意呀？

锔匠佝偻着身子，不说具体的地点。

我那铺子，虽小，却很热闹。

也有人去补锅？

没有，来的人，都补些茶壶呀玉器呀什么的。

都是古董呀，补好一件，就够我们师徒俩吃半年的。

徒弟只是笑。这是个好徒弟，锔匠说什么，他都笑。

也许是因为生意越来越不好做了（这和锔匠手艺的好坏没有关系，只要你留心看看，现在很多传统的手工艺都在渐渐消失）。也许是因为锔匠的身体越来越差，锔匠到我们这里来的次数越来越少了，偶尔，来的只是他的徒弟，做锔匠的同时，还顺带做点别的生意。

后来，竟把他的本行忘了，开始卖塑料制品了。

不来就不来吧。

有一回，来了个穿长衫的老人。

是我们镇上的丁三太爷。这年头，只有他还穿这样的长衫了。

丁三太爷拿来一只紫砂壶。

是丁三太爷的宝贝，丁三太爷的那双手，长年累月地捧着那壶摩挲，那壶早已温润细腻的了。

也不是什么值钱的玩意儿。

那壶，现在却坏了。

是不小心摔坏的。

丁三太爷笑笑，能修得好？

锔匠的徒弟搔搔头，说那玩意儿我好长时间没操持了——干脆，你再买一个得了。

丁三太爷摇摇头，跟了我这么些年了，舍不得呀。

修好了，您能给多少钱呀？

你说吧。

那……我试试。

锔匠的徒弟知道，凭他的手艺，要修好那壶，得一个月。

锔匠的徒弟关上门，在家待了整整一个月。

在集上见了丁三太爷，锔匠的徒弟捧出了那只补好的壶。

一个往外掏钱，一个往外递壶。

叭，那壶在水泥地面上碎了。

这回，可是碎得够彻底了。

帮着再补一补吧！

锔匠的徒弟解开盛壶的尼龙袋子看看，一片片，碎得像指甲盖儿，哪里还补得起来呀！

补不起来，那也得补。

丁三太爷阴着个驴脸，走了。

这个丁三太爷，儿子可是我们镇的镇长呀。

惹得起？

锔匠的家，其实在清江浦的一条后巷里，整天照不到一丝儿太阳。

哪里有锔匠当初说的那样辉煌啊？

锔匠正躺在床上，身上，盖着一床破被，露出黑黑的棉花。

放那儿吧。

锔匠眼皮也没抬一下。

师傅……人家，要得很急。

走吧。

一个月……可以吗?

锔匠不再搭话，锔匠的徒弟就知道，他真的是该走了。

一个月后，锔匠的徒弟硬着个头皮去取那壶，刚走进巷口，就看见丁三太爷也走了进来。

锔匠开了门，两个老人，在有些寒意的秋风中，很别扭地以古礼相待。

锔匠的徒弟贴着门缝朝里觑，就看见两个老人相向坐着。

桌子的中间，摆着那个补好的紫砂壶。

一个个火柴头大小的黄铜锔钉，整整齐齐地排列在壶身上，泛着淡淡的光。

一下子，锔匠的徒弟就跪了进来。

往后，锔匠的徒弟照样到我们的镇子上来卖塑料制品。

锔匠的徒弟在他的摊子上摆着一个字牌：承接各种锔匠活。

虽然很少有人瞧那块牌子，但锔匠摆得规规矩矩。

那时候，锔匠已经作古。

人们恭恭敬敬地称锔匠的徒弟为锔匠。

女人之爱

○李愫生

他是她的初恋，在一起纠缠了几年，最后还是分手了。后来，她也开始和别的男人谈恋爱，和不同的男人约会。新恋情甜蜜的时候，她也会忘记他曾经给她的痛；新恋情出现问题的时候，她就会想起他，想起他的好。不自觉地，她就拿那些男人和他比较。衣不如新，人不如故。

那些男人倒也不是全都真的不如他，但她总能在细微处，挑出一些陋点来。无数个暗夜里，想着他，仿佛持一杯醉人的酒，可以安慰她孤独的灵魂。

情路坎坷，披荆斩棘，她一度跌跌撞撞。拖到30岁的高龄，她才结了婚。那个男人，她谈不上爱或不爱，只是貌似良品，可以托付终身。她开始学着做一个贤妻良母，从不沾厨房油烟的她，也能做出一手美味小菜；以前招朋引伴的Party，她也开始很少参加。在琐碎的柴米油盐里，她渐渐磨掉爱情的心。那个男人，对她也不错，就是脾气不好，暴躁时，会打她，打过后，又道歉。

日子这般平淡，支撑她的，是青葱岁月里，他对她的好。

后来，一次吵架，男人打伤了她，还惊动了110。她哭着，来到他的城市。她才惊觉，一切是多么不合时宜。早在几年前，她就隐约从别人那里知道他结了婚，现在，应该都当父亲了。犹豫中，她拨通了他的电话，他一直没有变。

他约她在咖啡广场见面。恍惚中，岁月都老了，又似乎一切都没变。他从来都没动过她一指头，从来不舍得让她进厨房。他是她最熟悉的陌生人。

他客气地和她聊着近况，老婆和孩子，有幸福，有无奈。她忍了忍，把自己的悲伤全部收起。其间，她的手机响过好几遍，她知道是丈夫寻找她的电话。他一如从前，轻轻地握着她的手，心疼地看着。她说，她是路过。

看着他发福的肚腩，她的心里，有些难过。他说，我很想你，我想拥抱你一下。他的拥抱有些热切，她以为自己会开心的，这一直是她梦里的期盼。她僵硬地站在那里，抱着他的肚腩，她的电话还在响，她的心很乱。突然，心里有什么东西碎了，像是酒杯，碎裂一地。他安慰不了她了。她的心，空了。

她无限哀伤，每个女人都有一个安慰樽，只能存放在记忆的酒窖，安抚孤独的灵魂。却不能取出，岁月让仓皇的心早已盛不下那酒杯。

让我带着你

○刘　玲

在我的记忆里，妈妈已经很长时间没有到过市区了，最近的一次还是两年前，女儿长了很微小的一粒血管瘤，我和妈妈带她来检查，被医生告知没有大碍，妈妈很开心，奢侈地让我带着吃了一顿西餐，买了一件钟情很久的绸子唐装。

今天来，是给我送准考证，如果不是这个必须要来的理由，她搁下家里的摊子来市区，恐怕还要等很久才能成行。

我的性格大多是随她的，长相，据认识的人讲，一点都不像，但，最近的两年，褪尽了青春尾尖上的最后一点青涩，我经常能在镜子里，或街边的橱窗里突然发现自己的神情像极了妈妈。

这个商厦，就是当年妈妈带我和弟弟买衣服的地方，岁月的变迁已经看不出经久的面目，脱胎换骨的修饰淹没了所有的痕迹。和妈妈在商厦里穿行，精明的妈妈此时无措得像个孩子，全靠我领着，才知道电梯在哪儿，适合她的衣服在哪个楼层，哪里能存包，怎样操作自动存包机。

时光，透明得可以回望，当年，被妈妈带着买衣服，懵懂的我只能小心地拉着她的衣角随行。如今，曾经怎样有力的一双手只能放在我的臂弯，被我牵引着。

是的，妈妈，今天，让我带着你。

醉秋风

〇廖玉群

日头刚偏向西山，德庆老叔就把黑牯牛赶出河边的坡地了。牛还没有吃饱肚，不时把头伸向路旁的稻田，偷啃一口两口。

德庆把细柳鞭挥得脆响，鞭子发出的叫声在头顶上一扬，却落在一丛三轮草上。

三轮草叶子韧，黑牯牛精明得很，放着路边的草不吃，专吃稻子。

晚稻刚抽穗，旺旺实实的一片绿。这季晚稻，怕是保不住了呢。

推土机已经轰隆隆开进了村子。村子的旁边，要建成一个度假村。这一片土地不久前被征用了。夏收后，德庆家和村邻们一样，还是赶着季节种下了晚稻。这是种最后的一秋了，得收获就收获吧；不得收，那也是没有办法的事。

在机器的轰鸣中，秋天像个醉了的老婆子，踉踉跄跄地走来，脚步错乱。山上都见树叶黄了，可田里的晚稻还是迷瞪着绿眼，没有黄的迹象，让人心焦。度假村的进展却快得惊人，没半年工夫，风俗园就建成规模了。德庆脚下的这块田，正是自家的责任田，马上就要推平改成“农家乐园”。

稻田里面跑车子，不给种稻子了，乐个屁！仿佛跟谁赌气似的，德庆扯了一把三轮草，扬手甩出去，草叶纷落在河水里。德庆心里对黑牯牛说，我也不管你了，吃吧，吃吧！不吃，这些葱绿的稻子，早晚也要埋在推土机的齿轮下面哩。德庆放纵了牛，牛得了胆子似的，放开肚皮，把路边的稻子啃出矮矮的几行，像是用镰刀收割过的一样。

河那边漂来一只竹排，竹排近了，一看，是老旺。

老旺的命不旺，总背运。那年分田，他分得瘦狗岭的一大片旱田。老旺人勤快，侍弄了田地，还拦河拉网养鱼。前年发大水，鱼塘被淹，网里的鱼全被卷进河里了。今年，刚撒下鱼苗，鱼塘又被征用了。据说这里要改建成游泳池。这不，老旺正忙着打捞鱼苗。

老旺见德庆老叔，远远地打招呼："这么早就赶牛？"

说到牛，德庆的眼里就有些热。镇上的牛贩子今天来拉牛，说好今天不放牛出栏的。德庆心里有些不舍，还是把牛牵出来兜圈儿。

见到老旺，德庆的心里突然有了底，他已经打定主意了。他朝老旺招手，说："老旺你过来，和你说个事。"

老旺把筏子摇到岸边，说："老叔有事你就说嘛。"

德庆说："你瘦狗岭那片地，被征没？"

老旺说："没呢。这次以为要被征出去，谁承想，近水边的好地全给征了，那块地倒还在。地瘦，又偏，鸟都懒得理。"

老旺家的那块地，没有身强力壮的牛，还真犁不动。老旺家那头老母牛，一到冷天，大把大把地脱毛，一副病恹恹的样子。

德庆说："我的黑牯牛，耕田犁地没的说的。你想要就牵走！"

老旺惊疑地瞪大了眼睛，迟疑了一下，说："我家哪里牵得起？牛贩子开的价，我家出不起。"

德庆说："就当帮我养着吧。价钱还可以放低，你啥时有了再说。"

老旺自然是惊喜万分，千恩万谢。

了却一桩大事，德庆慢慢赶着牛回村了。德庆想，改天把牛给老旺送过去。牛还在村子里，就当自己还养着。

转个弯，就看见村子了。屋顶升起的炊烟、机器扬起的粉尘，被干燥的秋风一扯，乱糟糟地在村子的上空纠缠、拥挤，喧闹成一片。

在村头，德庆见到了老伴。

老伴说：“早不来？牛贩子都走了。”

德庆说：“哦。”

老伴说：“被征地的人家，都卖牛了。上头家的，卖了一千八。大叔家的，卖了一千二。三姑家的那头菜牛，还卖了一千……你怎的啦？”

“我们家的黑牯牛，我说给老旺了。老旺家拿不出现钱。”德庆说着看了看老伴。老伴抹了抹湿了的眼睛，没有说什么。

德庆知道，老伴也心疼着黑牯牛呢。德庆反过来安慰老伴：“也好，稻谷没了，地也没了。咱们以后还能见着黑牯牛，心里总算不那样空落。”

两人闷声不响地走着。德庆熟稔地飞起一鞭，鞭子轻落在黑牯牛肥硕的屁股上。德庆往日那雄壮的吆喝声，在乱纷纷的秋风中走了调儿，变得没筋没骨的：“嗨哟——嗬嗬——回家去——”

老人和鸟

〇李永康

每天早晨，我都见一位老人骂骂咧咧地来到阳台上。老人把一只脚上拴着布绳的鸟放在晾衣服的竹竿上，然后把绳子缠在上面，咳嗽了一声，回转头朝里屋吼：还不出来，懒鬼。等了一会儿，没有什么动静，他又折进屋，一只鸟惊慌失措地从里面飞出来，在竹竿上一驻脚，腾地蹿出去。竹竿晃动得厉害，我的心也摇晃起来。那鸟在楼房之间的空隙里自如地转着圈。那只被拴在竹竿上的鸟也扇了扇翅膀扑腾几下，等感觉无法起飞时，就瞄着老人鸣叫，叫声很是凄凉。老人又高吼：回来回来！那只自由的鸟很听话地飞到老人的肩头。老人生气地拍打了它几下，边拍边骂：看你调皮捣蛋。老人出够气后把手臂伸直搭着桥，那鸟轻盈地跃到竹竿上，两只鸟竟嘴对嘴叽叽咕咕地亲热起来。老人痴痴地望着。我的眼睛也看湿润了。

老人是什么时间开始养鸟的，不知道。我家在搬来之前他就已经住在这里许久了，老人有个好习惯，不喝酒，不打牌，不抽烟，只养鸟。而老人养鸟不需要鸟笼。每天早晨七点，他就带着鸟儿去公园里散步，然后，又带着鸟儿去邮电所买报，回家后将鸟儿置放在另一个背阴的阳台上再也不出门了。

这是一个古怪的老人。

那天早上，我迷迷糊糊中被一阵惊颤的鸟叫声吵醒，便草草地穿起衣服来到阳台上。鸟叫声是从老人紧闭的门里传来的，我静静地观察了一会儿，鸟还在叫，却没有老人的咳嗽声。我听到门隔一会儿被撞击一下，隔一会儿又被撞击一下。我感到有丝儿不妙，赶快去敲老人家里的门，没有人应。我又使劲敲，也没有人应。我慌了，就高声喊了起来。六楼的人被吵醒后告诉我，老人前天下午住院了，还说是老人自己爬下楼梯昏倒在那儿后被人发现背到医院的。

当护士把我引到老人的病床前时，老人很痛苦地睁开了眼睛。然后，老人伸出双手将我紧紧拉住有气无力地说："鸟鸟鸟……"老人眼睛里潮乎乎的。等了好一会儿，老人战战兢兢地摸出几把钥匙塞在我手里，老人说："把鸟放了。"

我安慰了老人一番，心情沉重地回来将老人的门打开，我发现一个秘密。原来老人二室一厅的房屋一间作寝室，另一间却专门供鸟儿栖息。那鸟儿呆的屋子里，四周挂满了各式各样精致的鸟笼。鸟笼很洁净，一尘不染。在屋子的中央横跺了一根竹竿，竹竿上蹲了两只鸟儿。一只鸟儿羽毛凌乱，另一只鸟垂头丧气的。我上前去还未伸手，那羽毛凌乱的鸟猛地向我冲来，从我的耳根擦过就窜出门外。那只脚上拴着布绳的鸟惊诧地挣扎着，竹竿在荡着秋千。我把布绳解开将鸟捉住带到阳台上，那只先飞出来的鸟已站在阳台的竹竿上一动不动地瞄着我。我把手中的鸟儿放在地上离开它几步拍了拍手掌，鸟儿也不飞走。相反，那竹竿上的鸟却飞下来，两只鸟走到一起叽叽咕咕地交头接耳了好一阵子后就互相梳理起羽毛来。我喂食，它们不吃；喂水，水也不喝。我将它们捉起来狠心扔到阳台外，那两只鸟展开翅膀小飞了一圈却飞回来立在竹竿上，然后盯着我又叽叽咕咕的。我又赶了几次，它们还是不肯飞走。

我无可奈何地锁上了老人家的门。

第二天，我看那两只鸟还呆在竹竿上。

第三天，那两只鸟还没飞走。

我实在不忍心去伤害老人的心，就没有告诉他。

半个月过去了，那两只鸟还蹲在那儿。

礼 物

○牧 毫

给养船来的日子，便是小岛的节日。而今天，这个节日似乎格外隆重——一位只在电视、画报中见过的著名女歌星上岛慰问来了。女歌星微微笑着，站在礁石上，迎着海风，一曲优美的旋律便从她的嘴里流出来，流进三个兵的心田。虽然没有伴奏，三个兵还是觉得这是他们听过的最美的歌曲。

这个小岛荒凉而寂寞，只有三个兵在驻守，每半个月来一次的给养船是小岛同外面世界的唯一联系。好在三个兵都是耐得住寂寞的人，并且他们还都有共同的爱好——集邮。不管是谁收到信，邮票都是大家的公共财产。时间一长，竟也有了三百多枚，厚厚一大本。他们把这本邮册当做岛上最珍贵的东西，一有空三人就凑在一起，翻翻邮票，海阔天空乱侃一通，日子竟也过得有滋有味。今天给养船来的时候，三人飞一样奔向码头，正准备动手搬东西，不料从给养船上下来一位女明星，三人不禁又惊又喜，一时间不觉呆了。

女明星一连唱了五支歌曲，三个兵听得入迷了，手掌也拍得通红。女明星润润嗓子，还准备唱，这时陪同明星来的李干事止住了她。李干事介绍说，明星今天下午回北京，她身体也不好，老是头晕，本来我们不准备让她到这里来演出了，可是她听说这岛上还有三位兵，她说什么也要来，一大早没有吃饭，便坐了三个小时的船，吐了好几回……

三个兵听得热泪盈眶，女明星还想唱，但是三个兵很坚决地制止了。女明星要走了，她笑着和三个兵一一握手告别。她登上了给养船。就在给养船快要开的时候，一个兵忽然叫了一声：“等一等。”另外两个兵就飞快地跑回营地，又飞快地跑回来，两个人气喘吁吁地递给女明星一个厚厚的邮票册：“这是我们全岛战士送给你的礼物。谢谢你来看我们。”女明星双手接过，她的眼睛里含着泪花……

女明星走了，小岛又恢复了往日的寂寞宁静，虽然没有了邮册，三个兵的日子有些无聊，但是他们一点儿也不后悔。他们甚至又准备了一个笔记本，要重新收集邮票。

又一次给养船来的时候，三个兵收到了一个来自北京的包裹，打开一看，里面是厚厚三本邮票册和几本集邮的书。三个兵看到这么多从来没有见过的精美邮票，看了很久。他们心里想：原来他们收集的大部分都是普通邮票，并且都是盖过戳的，还那么宝贝一样地送给人家，也不知道人家喜欢不喜欢？后来他们在包裹里翻出来一张纸条，上面写着：“谢谢你们。”

三个兵永远也不会知道，那本装满了信销普票，自己用笔记本做的简陋的邮票册，是怎样的使女明星激动。女明星也是个集邮迷，后来她对人说：“这是我收到的最好的礼物。”

那件事不可饶恕

○陈力娇

我九岁的时候做了一件很出格儿的事，你别猜它是什么，一猜准想法很多。

丁老师是位男老师，男老师也有感情很丰富的，丁老师就是。他教我没多长时间，只短短的一年就给我们这群叽叽喳喳的孩子留下了深刻的印象。他个子很高，脸上有疙瘩，穿着深灰色的中山装，很年轻，却有白头发，低头趴在书桌上给我们讲课的时候，白头发更多，我们不敢看，一看就想摸一摸，那是很硬很硬的，比他的黑头发还硬的白头发。

丁老师教我们一年，和我们相处得很好，说话总是笑呵呵的，生气时也看不出怒气，我们也不惹他生气，只觉得和他在一起温暖，干什么像壮了胆儿似的。比如他领我们挖野菜，挖着挖着挖出一个虫子，不管这个虫子多可怕，只要丁老师在场，我们就可以用刀片把它一割两半，否则，那是借给我们一个胆儿也是不行的，我们会一跳老远，而且会全身出汗。

丁老师照顾我们，爱护我们，关心我们。我们待他像亲人一样，可是在一个酷暑即将过去，新学期开学的当儿，他来到班上宣布一条消息，说他从此不教我们了，而是去远方看病。话从他口中一出，我们立即“哇”的一声哭起来，开始是不多的人，小声地哭，后来就是全班同学一起大声地哭。丁老师劝我们劝不住，索性不劝了，一件一件数着放在他讲桌里面的、平日我们拾到的各种各样的小东西。丁老师把这些东西都一一放在讲台上，然后声音很低地说，现在我把这些东西分给大家，这都是大家平日里交给我、我又没闲暇让你们认领的，你们现在认一认，看是谁的谁领回去吧。

丁老师开始一样一样地用手中的东西吸引我们的视线，他说，小刀，谁的小刀？于是我们向他手中的小刀望去，一把绿色的铅笔刀在丁老师手中来回地晃。晃了几个来回，一个叫于力力的小个子女同学说，老师，是我的。丁老师说，你拿回去吧。丁力力就一边抹眼泪一边走到老师的跟前，把它拿了回来。丁老师又拿出一支油笔，一支黄色的带有小猫头的油笔，丁老师的手又晃了几晃，刘梦君就把它领了回去。

领回东西的同学，回去之后立即就不哭了，小刀、油笔占去了我们的心思，这样循环了几个回合，丁老师讲桌上的物品几乎被别人领尽了。这时，丁老师拿起一个很精美的皮球，绿色红色黄色形成满球云朵的那种，一看就让人喜欢备至，真不知道是谁拾到这么好的东西，舍得交给老师。奇怪的是，丁老师问了几遍，竟没有一个同学去认，但是大家都巴巴地望着老师的手，这情景很让我动心，一种想得到它的心思让我立即抹去朦朦的眼泪，敛心静气观察同学的动静，怦跳的心早被那个美丽的皮球击中了。就在丁老师想把它重新放回盒子里去的时候，我突然冒出一句，老师，那是我的。为了真实起见，我是边哭边说的，九岁的我那时在做戏，并且惟妙惟肖。

老师显然是犹豫了一下，但看到我满脸的泪痕，他相信了我，由于我的座位靠最里面，所以他把这个球亲自送到我的手里。

我得到了一个精美的皮球，却失去了一位老师。多少年后我当了作家，想把这一段故事写进小说，挖掘一个九岁孩子的心灵块垒时，却得知丁老师已不在人世。但是假如他还活着，对一件发生在三十年前的事，肯定记忆犹新，他肯定掌握一个九岁孩子的心理与那个精美皮球的来历。

丁老师把那个皮球给我时，他的手抖了抖，抖过之后那只皮球就落到了我手里。也就在这一刹那，我想起了丁老师的女儿秋秋。秋秋来我们班玩儿时，也曾玩过这样一只皮球，那是和这一只一模一样的、满球红黄绿云朵的、招人喜欢的皮球。

锄头·风车

○樵　夫

锄　头

我在快摸黑的时候出去了，走时和我妈说了声我出去一下。我的母亲在灶间拍打了一下灶膛里的火应了一声。我的母亲不知我去干啥，应声湿闷，仿佛一把还没晒干的柴塞进灶膛里发出的声音。我在我家门后没有找到一把锃亮的锄头。两把锄头仿佛弃物扔在那里，锄头的豁口上沾满了陈年的泥土，锄柄不仅落满了灰尘，而且十分糙手。我记得我暗地里望了我母亲足足有一分钟，她那有些佝偻的身子是无论如何也对付不了那锄头的。

从城里回到这个村庄时，太阳在头顶上明晃晃的。村庄的地垄上没有看见一把锄头在移动，自然也没有看见一把锄头啃进地垄上的泥土。三月的天，麦子应该疯长，棉花苗也应该冒出地面了。我站在地垄上张望，杂草蔓延，呼啦啦地摇曳，我想应该有把锃亮锃亮的锄头来收拾它们。坡地里，还有那片被乡村小道分成两大片的地里都没一个人影。怎么会没一个人影呢？我纳闷。我还是能读懂乡村季节这页书的，春天快来时浸谷子插秧，春天来时地里原本看上去啥也没有的地方呼啦啦地麦子就返青了，五六月间收割油菜，八九月间摘棉花……乡村的日子过得最像日子，有痕有迹。但这些都依赖于一把一把的锄。没有锃亮的锄头，乡村的日子就会过成一锅粥。该收割麦子时没有麦子，该收拾油菜时没油菜，该摘棉花时那些地垄上空荡荡的，时间的印痕就被乡村弄丢了。

我走了大约二里地远，一把锄头也没遇着。走到九根家屋前时，还是没遇到一把锄头，我心里头咯噔一下，仿佛看见心头长满杂草。九根家的屋子是这个村子最外围的屋子。

快摸黑时，锄头们再锋利再能干也都会回家的。锄头们从来不蛮干。日头落山，地里头的东西看上去都朦朦胧胧的，锄头再能干也不敢很牛皮地说能把麦子与杂草分得清清楚楚，甚至也不敢说能把杂草和棉花苗分得清清爽爽。所以，我知道天一擦黑，锄头们就抬腿回家。它们大都安睡一宿，第二天等日头一出就再迈腿出去。所以，这时是见见锄头们最好的时间。

我家后屋正对着一排屋子，它们是福祥家、生宝家和银柳家的正门。锄头大都放在屋子正门的后面，随意点的话也会放在正门的外墙边。锄头的多少是一个家家力或者说家势的显示，锄头锃光瓦亮的程度显示着这个家劳力强壮的程度。你想想，一个无缚鸡之力的男人或者女人，有谁能把一把锄头侍弄得闪亮，有谁能把那锄柄握捋得油亮？所以，在乡村即便某人受了委屈想吵嘴，气冲冲地走到人家门口，看见排列在门口的长长短短的一把把锄头，也得偃旗息鼓了。

转了一圈我失望了，我愣愣地立在福祥他们家的门口。他们几户人家也没有什么上好的锄头，锄头的豁口也是经年没有打磨，钝得很。围着我看的小孩我一个也不认得。我不知道那些地里的东西是谁去侍弄，不知道那些蔓延的杂草由谁去收拾。我问福祥他妈，她说还有谁去，还不是他们这些人去弄。种归种，收不了几粒东西。锄头也握不动了，一个人埋头在一大片地里，要闷死。她嗬嗬地笑，嘴张了张，却啥也没再说。

都七十好几的人了，能说些什么呢。说话也是件费力气的事。

门吱呀一声，福祥妈苍老的身影没进了一团黑里。什么也看不清，只觉得一团浓重的黑在搅动着这个乡村即将来临的夜。我在那个巴掌大的空地上愣着，思绪如福祥家摁亮的那盏小灯。她说得对哦，一个人隐没在麦子地里或者油菜地里或者棉花地里，握着锄头一俯一仰，一会儿就会觉着累，锄头再锋利有时也无济于事，许多的活不是一天半天就能干完的。锋利的锄头是要结伴而行的。虽说它只是件物什、只是件手中的劳动工具，但它一样通人性。有许多的伴，它干再多的活也不会累。早些年，我记得生活并不比现在好，大伙儿扛着闪亮闪亮的锄头来到麦地里，那地一望无垠啊，大家干得一点不花气力，锄草时准而狠，锄头伸到的地方杂草被应声拖进泥土，过会儿大伙儿支着锄柄说说话。即使是分田到户了，福祥的锄头仍会邀上银柳或生宝的锄头一块上地里去，隔个时辰锄头也会迈过两垄麦地聚在一块歇歇，点根烟。火光一闪一闪，人看着心里也暖和起来。

回到家，我提起锄头在灯下看了好一会儿，用手去试了试锄头的豁口，钝得很。我明白我无法指望我的母亲将这柄锄头的记忆带回从前。

风　车

村里有两架风车，但平时只有一架风车放在仓库的屋檐下，另一架总是被锁在仓库里——队长说必须保证有一架风车永远是好的。我开头不明白队长干吗这样说，后来我明白了。那架放在屋檐下的风车好像从没有停过，好像总有人在用它，不是在扇豆子就是在扇谷子或稻子。队长后来说了句话，这句话让我对风车刮目相看。他说，风车在转我们这个村庄就在转，转就是活着就活得有希望。就好比一潭水，如果没有流动，就会变成死水臭水。我站在风车前看了很久，其实那时风车正被马克爹使用，马克爹正在扇米。我看到他正碾一担稻谷，马克爹摇着，白花花的大米从中间的漏斗落在箩筐里，谷糠从风车尾部扬出来。风车是件多么好的东西啊，糠糠尘尘的都被扬弃了，留下的尽是大伙儿需要的东西。

但风车是个复杂的家伙，一旦坏了就没有什么人能应付得了。我爹是个绝顶聪明的人吧，但他拿风车也没有一点办法。我记得很清楚，那次风车的摇柄脱落了并刮坏了一片风叶，那时全村的男女劳动力正在禾场上打谷子，大家要用风车把谷子扇干净装袋，然后等待拖拉机装运到粮管所去缴粮。打谷子时两架风车就都派用场的，现在一下子失去了一架，大伙围了上来面面相觑。我爹赶紧放下手中的活走到风车边，把手伸进风叶片里去摸索了一会儿，又瞅了瞅摇柄。我看见我爹的眉毛紧锁了起来，我知道我爹也没办法。风车被迫停歇了几天，后来还是叫来了专门打制风车的木匠才弄好了。但这个晚上全村男女劳动力轮流扇了一夜，大伙儿扇得胆战心惊，生怕这架也坏了。

这件事我是知道的，但不久就被抛出了记忆。所以，有些事是需要反复提起的，要不是队长这么说了一句话，那风车坏了也便坏了，就不可能被琢磨出许多东西。

马克爹摇风车摇得很有男人味，稳稳的而又洒脱干练。他身子直挺挺地站在风车边，左手举起趴在风车上斗的边沿上，右手摇着风车的铁摇柄，大米和谷糠就分道出来。马克爹扇完米，一会儿就挑走了。我实在是很羡慕马克爹那副洒脱劲，他一走我赶紧跑到风车边去，我趴在摇柄那儿朝风车叶轮上瞅。叶轮上的叶片有六片，叶片是由清一色的上好的杉木制成的。滚轴是一个圆木，铁摇柄就穿在滚轴上。我学马克爹，直挺挺地站在风车边，摇着摇柄，但摇柄总不听使唤，不是快了便是慢了，扇出的风忽重忽轻，风声一下子呼呼的一下子又像哑了。更糟糕的是风车铁摇柄把我衣服卷住了，我怎么也弄不开，我急得要哭。风车是不许空扇的，空扇容易坏啊。我急坏了，但被卷进摇柄的衣服怎么也挣不开。全生爹来了，他挑了一担麦子，一只箩筐上放了一把扫帚。我看到他的箩筐底部碰到地上凸起的砖头，扫帚掉在灰尘满地的地上。我说叔，扫帚掉了。他放下担子，拾起扫帚拍了拍，扫帚上的灰尘就纷纷扬扬落下。全生爹说你怎么了。我憋红了脸，泪在眼眶里打转。全生爹说，风车没弄坏吧。他叫我别动，他看了看，然后把摇柄反向摇，衣服与摇柄脱开了。

我脸涨得通红地走开了。我觉得自己仿佛有件东西掉在灰尘满地的地上，拾不起来，不像全生爹那把扫帚，一拍尘土就纷纷落地。其实，一个人是否觉得落满灰尘并不在于有多少人知道，全在于自己。

我对风车除了刮目相看外，还开始充满敬畏。有很多东西，不是人人都能应付得了的。我躲在远处看全生爹扇风车，眼睛都看直了。

爹在太阳快落山时收起了晒在禾场上的谷子。我说，爹我也跟你去扇谷。我爹一边把扁担放在肩上一边说，那你拿扫帚吧。我一下子就开心了。我爹一样地洒脱而利索。我问了我爹许多问题。我爹跟我说，用风车是很讲究的，扇的目的是要把尘土或谷壳、糠麸和粮食分开，风要扇多大要看扇什么。扇大豆就得扇大点风扇急点，扇米就得扇轻柔的风；风急风柔就靠摇的力气啊。我爹说完用他宽厚的手掌抚摸一下我的头。我爹一慈祥时就这么来一下。

在这个村庄里转了几年的风把我吹大了，把我心里好些糠麸吹走了，但我知道还有一些尘土落在那儿，我必须用风车扇走。

那天，我挑了一担麦子来到屋檐下的风车前，一袋烟的工夫我就把麦子扇干净了。我原本不知道会这么快。我爹说，你今天很快，只一袋烟啊。他正把一袋烟灰磕出来，我去扇时他正装烟丝。

我爹很开心。但有一件事他不明白，我不仅扇好了一担麦子，让我更开心的是我把落在我心上的尘土扇干净了。

红 土

〇临川柴子

女人提着大嘴茶壶上山的时候，夕阳正准备下山，黄昏的余威烘烤着男人汗流如雨的后背。女人上前痛惜地用袖子去揩男人背上的汗水，男人惊觉回头，见是女人，憨憨地笑了一下。“李长河，咋还这么发狠呢，刨了这么多年，也没见你在土里刨出金子来。”女人给男人倒了一碗茶，递到男人手上，刻意地说出这么一句话来。

李长河感到很羞愧，这句话是他在恋爱时对女人讲过的，那时，他领她来看自家的自留地。望着这片宽广的红土，手一挥，很有信心地对她说：“你别看现在光秃秃的，我会在土里刨出金子来的。”

女人大约是相信了男人的承诺，或者看中了他别的什么，不顾家人的强烈反对，成了红土地上的一个新娘。

这是一片孤绝的红土，耀眼的红色让人忧伤，种啥灭啥，只有顽强的茅草可以在这里扎根，东一丛西一丛的。靠山村的村民祖祖辈辈在这块红土地上耕作，播下希望的同时失望也播下了。

李长河以为他能改变这一切，读完农大后竟然放弃了一切功名回了家，书呆子气地说了句他要改变家乡的红土地。爹娘气得当场吐血，等到红土地里能长出稀稀拉拉的玉米秆子，村民早扔下锄头进城务工去了，李长河只是把自己改变成了一个中年男人，红土依然，穷困依然。为了彻底根治靠山村的贫困，政府决定移民，在另一个水美草肥的土地上给他们安置新家。听到这个消息李长河愣了，靠山村的人却欢天喜地，一个个都搬新家去了，李长河却一拖再拖，终于等来了一辆大铲车，李长河看着大铲车猛虎般地瞬间吞没了一幢空房，这才死了心，不得不对这片坚强的红土地挥手告别。

“回家吧，行李我都收拾好了。”女人捅了一下呆愣着的李长河，“听说那边什么都安排好了，就等着我们去住呢。”

“你先回吧，我再待一会儿。”李长河说。他望着女人提着大嘴茶壶一摇一晃地下了山，松垮的身体牵扯得他心疼。天色渐暗，李长河扑倒在红土地上，放声大哭。红土地默默地承受着一个男人绝望的哭声，然后又看到他很小心地将随身带着的一个玻璃瓶子拿出来，装了一瓶子红土，跌跌撞撞地下了山。

新家果然很漂亮，他们分到了一小片黑土地。李长河一眼看出土地的肥沃，蹲下来伸手握了一把，在手心里揉了揉。“这土地贼肥，一脚能踩出油来。”李长河兴奋得说话都颠三倒四。

李长河将种子撒下，几天后就长出绿油油的秧苗。他感慨地对女人说：“这土地真好，种什么长什么。”李长河在种什么长什么的土地里撒着欢，就像一匹马闯进了草原。

穷日子就这样翻过去了，那片红土再也没有入过他们的梦境。入冬的时候女人得了一种怪病，浑身奇痒，而且溃烂。李长河说，想家了吧，我就知道你会想家。他们还习惯把已经不存在的靠山村称为“家”。女人说鬼才想，李长河说不想你咋得这病，这是思乡病知道不？女人慌慌地问有治吗？李长河笑了，说吃几服药就好了。

李长河包了几服中药回家来熬，熬成药汤叫女人喝下。女人看着药汤泛红，说中药咋是这颜色呢？李长河说我加了药引子，中药没有药引子是没药效的。女人问药引子是什么，李长河笑而不答。女人喝了几天这种泛红的药汤，身上果然不痒了，溃烂的地方也开始结痂，女人的心情因此愉快起来。过了不久，李长河也觉得浑身奇痒，身上开始溃烂，他知道自己也害思乡病了，其实他认为他早应该害思乡病，他望着满身的溃烂，居然很激动。

李长河吩咐女人给自己抓几服中药来。女人依照他给的药方，去集市上抓了，细细地熬好端到李长河面前。李长河说，还要放药引子呢，你忘了？女人就问药引子在哪儿，李长河说在最高的那层柜子里。女人不知道一服药引子男人会看得这么金贵，这柜子平常都锁着，家里最有身份的物品才有幸进入。女人开了锁，没看见药引子，只看见一小瓶子红土。李长河说去拿吧，就是它了。

女人吃惊地看着李长河将一撮红土放进药汤里，看着他捧起那碗漾着红色的药汤，呆呆地望了好久，女人恍然看见有什么东西滴落在药汤里。李长河已经牛一般地低下头，将那碗药汤一点不剩地喝下了。

评　奖

○戴　涛

A 市某报举办摄影大赛，征得参赛作品三千余件，经组织者初选，有十幅照片获得提名。为了体现大赛之公正和权威，组织者四处奔走热情相邀，请得评委九人，均是当今圈内颇有影响的摄影大家、评论专家，由评委以无记名投票决定一、二、三等奖。

某日，九评委去 A 市郊区一新建避暑山庄。该山庄依山傍水，景致迷人，评委们下得车来个个心情舒畅。根据安排，第一天上午看作品，下午投票公布结果；第二、第三天纯粹是轻松轻松了。

十幅照片，一看也就看完了，便提前进入午餐。午餐完毕，也就是下午了，评委们直接到会议室开始投票，组织者一点人数，发现少了一名评委，一问才知是多喝了几杯，睡了。好在还有八位评委，无碍大局的，投票结束，二等奖、三等奖很快就出来了，就是一等奖有点小麻烦，有两幅照片各得四票，旗鼓相当，不分伯仲。

组织者找来这两幅照片，立刻为评委们各具慧眼所折服，一幅照片上是一条由近及远的河流，河流上有一群由大至小的蝌蚪正奋力向前游去，河岸边有一小男孩作思索状。评委的评语是这样写的：这是一幅极有意境的作品，这里，你可以看到一种生命的张力与艰辛。另一幅照片上是一群女孩子正在嘻笑打闹，这时，有几个身穿袈裟的小和尚正从她们身边经过，小和尚们都低着头，口中念念有词，可从他们微微有些侧向女孩的脸上，似乎看到了另一种向往。投票的评委们是这样评价这幅作品的：你从照片上看到的是非常有趣的组合，一种极端的对立与极致的和谐融合在一起，你能感觉到的是惊心动魄的人性魅力。尽管两幅都是好作品，可两者必须取其一，组织者决定第二天重新投票。

第一天的评选工作就这样算是告一段落，然后是用晚餐，晚餐完了是跳舞。当评委们乘着酒兴刚滑进舞池，突然停电了。组织者连忙去找山庄的管理人员，管理人员说，对不起，今晚怕是来不了电了。评委们一个个垂头丧气地回到房间。去问服务员要蜡烛，服务员说，真抱歉，还没来得及准备呢。评委们别无选择，只有上床睡觉。

第二天上午，九名评委齐了（那位多喝了几杯的也醒了），又开始投票。结果是出乎意料地集中，九张选票全给了同一幅作品。更令组织者感到惊讶的是，这一等奖作品既不是小蝌蚪，也不是小和尚，而是一支小蜡烛：在一张非常老式的旧桌子上插着一支蜡烛，蜡烛发出一片橘红色的光，蜡烛的边上卧着一只老猫。

这是一幅最令人感到温馨的照片。评委们如是说。

蝴蝶哭了

○非花非雾

他们在农大的操场相识，那是课外活动时间，夕阳正红。

瑞像一阵轻风拂过跑道，她修长清瘦，水洗过的绿竹一般。

培智静静地站在跑道边，像老僧入定。

经过培智面前的时候，瑞很诧异：他就那么一动不动地站着，昂首看着路边杨树上的一只毛毛虫。

两个人都记不清是如何搭讪起来的，她知道了他在学习农林病虫害防治，而她学习的是食品营养学。

瑞爱动，所有热闹的活动都少不了她。但她却喜欢陪着培智看树上、草间的小虫子。他会告诉她完全变态和不完全变态，告诉她蝴蝶的肢体语言，他说：蝴蝶是有感情的……她便把他说的话带回宿舍，对一群见了毛毛虫就变色大叫的女孩子们复述。日子就在卵、虫子、蛹、蝴蝶的循环往复中过去了，回想起来，两个人的话题竟从来没有离开过蝴蝶。

毕业的时候，培智到了西南。

瑞只身到了深圳。她有了一个香港恋人。他们在一个公司，她在内地部，他在香港部。一点都不浪漫的相识，但是有一种渗透人心的感动。每到周末，一水相隔的小伙子，便越过罗浮桥，到深圳与她相会，他会无微不至地照顾她。

那年“十一”培智发给瑞短信的时候，瑞告诉培智自己恋爱的消息。

她说：男孩是个很宽厚的人，博学且上进，给她稳定与温暖的感觉，她爱他。她灵巧的手指点击按键，发出短信时，心里暖暖的，有了一种归依感。她随男友去了香港，拜见他的父母。

培智好久没有回音。

几个月后，培智说，他在云南大理，他看到蝴蝶哭了。

——香港有蝴蝶吗？他问。

瑞走在这个高度发达的金融社会，在这个高楼大厦丛林般耸立的国际大都会里，她看到苍郁的亚热带植物在楼间空地，在河畔，在公园，随处瀑布般倾泻下来，从高楼顶端俯视，香港整个是一个绿城了。他们居住的小区花草丛生，蝴蝶翩翩起舞。

男友的妈妈是一个极传统温和的家庭主妇，吃饭的时候，用生涩的广东普通话告诉瑞，这里的蔬菜和肉食都是本地自产的，各项指标都合格。内地用了化肥和添加剂的蔬菜和肉制品根本过不了海关检测。

瑞当时有些吃惊。她以前认为农村种菜用上了农药和化肥是一种现代化的标志，没想到现代化有那样大的副作用。她爱自己内地的家，但她极力用一种豁达的接受表示对未来生活的憧憬与热爱。她喜欢这个优美的环境，喜欢这个家庭，也爱这个香港男孩。

瑞把这些用短信发给培智。

培智只回了一句话：我正在保护蝴蝶。

瑞返回家乡办理出境签证和结婚证明时，听说培智死了。在蝴蝶生长的崖边，掉落下去。

瑞赶到了云南，到了培智工作的地方，那里曾有非常奇妙的自然景观，有些地区，高寒地带的雪山冰峰和河谷地带的热带雨林共存于同一时空，它曾经有过外边罕见的“立体气候”。

“大理三月好风光，蝴蝶泉边好梳妆……”歌一直在唱，但是那里却找不到蝴蝶了。

因为农药的大量施放，以及空气的污染和森林的砍伐，蝴蝶泉几近断流，一年一度的大理蝴蝶会也被永远取消了。

人们说，培智来了不久，就坚决不让人们用农药，他不断地对见到的人说：蝴蝶哭了。

他走进森林，不停地制止人们伐木、捕蝶，他追寻着蝴蝶的足迹，他要把蝴蝶找回来。有一次，他走进藤盘枝绕的密林，一直没有回来。

人们最后发现他静静地躺在蝴蝶谷底，身下是一株蝴蝶兰，身边环绕着一种蓝色的大蝴蝶。

为了纪念培智，当地的蝴蝶馆用培智来命名。

瑞进了蝴蝶馆。一个个精致的玻璃盒子里，蝴蝶静静地展开翅膀匍匐着，这是一个悄无声息的蝴蝶世界，美妙无比，却又死气沉沉。

瑞感受到美，也感受到沉痛。

二楼，一方大大的玻璃橱中，有一只耀眼的蓝色大蝴蝶。标本旁有一张图片说明，简单地记叙培智殉职的经过——他为保护这只稀世大蝴蝶不被捕蝶人捉去制成标本卖给顾客，不慎坠崖，还附了一张照片。

培智微笑着，眼睛睁得大大的，瞳仁里有一种狂热的东西。

那大蝴蝶足有一人来高，蓝色的翅翼上有着彩虹般的细密鳞片，随着光线的变化而闪动着不同的色泽。它的两只触须像两只柔美的长翎。这哪里是一只蝴蝶，宛然飘飘欲飞的美人！她那一对稀有的蜜蜂一样的复眼，在大厅明亮的顶灯下，闪烁无数个光点，像人眼中盈盈的一汪眼泪。

瑞记得，培智说过，蝴蝶是有感情的。

爱人不在服务区

○陈　毓

“你去火星了吗？听说那里很冷，回来带上我给你织的围巾和袜子。”没事的时候，柚子喜欢跟朋友在短信里逗来逗去。

五分钟后，柚子的手机蓝光一闪，来了一条回复：“错啦！火星很暖和，这里花都开了，我正在温泉里泡着呢，等一会儿泡够了我还要去热泉里煮鸡蛋吃。你知道热泉吗？就是温度在一百度以上的泉水……”

是一个陌生的手机号，并不是自己要找的人。柚子知道自己刚才的短信发错了人，但回复的人却也有趣，反正自己正无聊，就顺着那个思路发下去。

“那里的湖泊是蓝色的吗？”

“白色的！里面流淌着恐龙奶。等你明儿个来时，我请你洗恐龙奶浴，对了，恐龙奶比牛奶可是好喝多了。”

柚子忍不住哈哈大笑。就此打住。

假如到此为止，也就罢了，半个月后，柚子再次接到一个陌生短信，一看就是“火星人”的：

“单位就像一棵大树，上面爬满了猴子，向上看都是屁股，向下看全是笑脸。愿你在新的一年爬上更高的枝头，看见更多的笑脸、更少的屁股……”

年度放假，柚子正排在购买火车票的长龙里，心中一时感慨，不觉保存了那条好玩的信息和“火星人”的手机号码。

人说电话像一根藤，两人就像藤上的瓜，慢慢就熟悉了。柚子知道了“火星人”是一个三十五岁的男人，他刚刚来到柚子所在的这座城市，打算在这里建设自己三十五岁以后的生活。“火星人”也知道了柚子名叫柚子，是一个二十八岁的待嫁女青年。

季节回转，现在他们更熟悉了。他感觉她的声音动听如同天籁，而他的声音给她的感觉也恰似月亮照耀下的潮汐：欢快且有激情。

一个阳光明媚、美好得叫人想要做点什么的春日午后，他们不约而同地产生了想要跟对方见面的念头。他们就见了面，见面的感觉也很美好。他们不但没有“见光死”，反而心生了“怎么今日才见”的遗憾。

这之后他们频频约会，每一次约会都是那么美好，那么难分难舍。秋天到来的时候他们已经谈婚论嫁了。只是他总是有出不完的差，每一次去都是十天半月的，叫她觉得自己当初称他为“火星人”简直就是一语成谶。她说，结了婚，你这样多半在天上飞，少半脚踏陆地，怎么行啊？他就说，一定要给自己换一个不用再出差的工作。

说好了这一次出完差回来他就不再出差了。以他的名字注册的公司眼看就要开张了，他说，我们就要给自己打工了，过自己喜欢的生活。总之，一切只等这次出完差回来就开始实施。

可是他死了。他开的车子掉到了山崖下。

柚子确切知道这个消息是在他出事后的第三天。三天里，柚子发给他的所有短信都不见回复，打去的所有电话都是“不在服务区”。

而就在她四处寻觅他时，他却已经化成一缕轻烟，飘浮到缥缈的虚空里去了。这种缥缈于柚子简直无法想象。好端端的、活生生的、那样深邃地切入你生命的一个人，怎么说消失就消失了呢？

更让柚子不能忍受的是，她跟他那样坚不可摧的关系，竟然是说不相干就不相干，说没关系就再也没有关系了。而且，当那一根电话线断了时，她竟然再也找不到另外的维系她和他爱情的一点点东西了。这也正是他消失三天后她才得到消息的理由吗？那一瞬间，柚子对她向来无比信任的、觉得强大无比无所不能的电话产生了怀疑。

带着强烈的想要证明什么的愿望，她拨打他的号码，一次又一次。电话里，那个永远不会有丝毫改变的塑料声音总在说：“你所呼叫的用户暂时无法接通。”那个电话号码像是装在柚子心里的一个异物，叫她无法放下，柚子不停地拨打，可是她的呼唤始终没有得到她渴望的应答。

又是一个雨夜，柚子听见窗外细雨如诉，楼下草地上的蛐蛐们在叫，叫得恰像是他的名字，一声声，如同她心中喊不出来的呼喊，多日来那种木木的疼痛这会儿变得分外尖锐。柚子再次拨了那个号码，这一次，她听见那个她熟悉得不能再熟悉的女声说：“你所拨叫的用户已停机。”

他连一点微茫的希望都不再给她了。柚子放下电话，她听见自己的心中有一声脆响——有什么东西断裂了。

醉郎花

〇王庆高

拂晓时分，东方鱼肚白。

我们奉命在玉皇顶山头坚守了一天一夜，敌人还没有进攻。深秋季节，山风寒凉，我和战友们真有点儿耐不住劲了，巴不得战斗早点儿打响，也好叱咤风云般地痛痛快快活动活动身体，与敌人拼个你死我活、鱼死网破，再不受这种窝窝憋憋的苦罪。我禁不住用胳膊肘捣了捣身边的排长，压着嗓音问，排长，拂晓有戏没？排长瞪我一眼，说你脑子进水啦？拂晓时分！

我们团在海岸防御战斗中担任坚守要点的战斗任务。坚守要点，就是要像钉子那样死死地钉在要点阵地上；即使表面阵地失守，也要坚持坑道战斗，等待大部队反冲锋战斗打响，配合大部队反冲锋，再一举夺回表面阵地。部队在玉皇顶要点山头一线展开。从昨天拂晓进入阵地到今天拂晓，已经整整一天一夜，还没看见敌人的影子。你说，打兔子的要是见不着兔子，谁会不急？排长提醒拂晓时分，的确是个关键时刻，战斗往往在这一刻打响。

我克制地扭动了一下身体，拨拉了一下手边的草丛，几朵小黄花探出头来，在晨风中摇头摆脑，艳艳地对我微笑，仿佛在说，你急什么，我们陪着你们呢！

我突然来了兴致，指着小黄花对排长说，排长，小黄花，多可爱！

排长没吱声，但他的脸上洋溢着笑容。排长伸出手采了一朵，放在鼻孔处嗅了嗅，禁不住出了声，嗬，好香啊！我也手贱了，伸手采了一朵，放在鼻孔边上嗅，就是，好香！我叫不出这种小黄花的名字，悄悄问排长，什么花呀？这么香！

排长诡谲地压着嗓音说："醉郎花！"

醉郎花！醉郎花！我一遍遍地在心里念叨。噢，我终于明白了，醉郎花！我对她爱不释手，细细地品味她的芳香，会意地向排长回应微笑。排长突然竖起耳朵，好像听到了什么声音，仓促将小黄花装入上衣口袋，一脸的严肃。我也赶紧学着排长将小黄花小心翼翼地装入上衣口袋，手指紧紧扣住冲锋枪扳机，我意识到将要发生的是什么。

"轰隆"一声巨响，敌人舰炮的炮弹在前沿阵地炸响了。敌人开始进攻了。这时，连长一声喝令："退回坑道，保存实力！"排长大声命令："撤！"我们以最快的速度撤回了坑道。顿时，敌人舰炮的炮弹排山倒海般地在头顶上爆炸，坑道里的空气都在颤抖，发出震耳欲聋的响声。我和战友们荷枪实弹蹲坐在坑道屯兵洞里，聆听表面阵地的炮声变化，等待着战斗时机。

大约一刻钟后，炮声渐行渐远。连长命令我们占领阵地，准备战斗。我们一个个龙腾虎跃地上了山头阵地。阵地上一片狼藉，战壕许多地方被炸毁，树木被炸裂炸断，一些枯木仍在哔哔剥剥燃烧，那些可爱的醉郎花早已化为齑粉融入泥土，散落在阵地上。我们没有苍凉，没有悲伤，没有惋惜，只有愤怒！我们刻不容缓地修复阵地，准备战斗，把一腔怒火瞄在准星上。

敌人果然像蚂蟥一样，漫山遍野地向山头冲来。敌人的飞机，也开始轮番向山头阵地攻击，掩护陆战队地面进攻。我军歼击机在空中与敌机接上了火，"砰砰啪啪"的枪炮声一阵阵地在我们头顶上空炸响。显然，敌人已经攻破滩头防线，疯狂地向玉皇顶高地进攻，妄图一举拿下高地，控制战争主动权。

“放近打!”连长抖擞掉身上的泥土，大声命令着。200米，100米，80米，50米，眼看敌人要与我们成胶着状态，“打!”连长突然发出命令，霎时间数百支枪吐出火舌，手榴弹成群结队在敌群中爆炸，敌军顿时死的死、伤的伤，伤亡惨重。但是，敌军并没有停止进攻，仍然发疯似的向山头冲锋，战斗愈加激烈。

“短促突击，把敌人压下去!”连长命令。排长大喊一声：“冲啊!”跃出了战壕，我们一个个像下山虎，向敌人猛扑过去，刹那间，把敌人打得晕头转向，敌军纷纷溃退。然而，由于我们过分暴露，也付出了沉重代价。

敌人地面进攻受挫，便开始疯狂空中轰炸报复，一个又一个批次的飞机，轮番向我要点阵地轰炸。敌军在强大空军的掩护下，再次向山头冲击。我们连续作战，不怕敌人狂轰滥炸，不怕流血牺牲，连续打退敌人五次冲锋，同敌人展开了顽强抗争。我们只有一个信念：人在阵地在!

战斗整整打了12个小时，黄昏时分，表面阵地失守。我们不得不退守坑道。连长光荣牺牲，排长代理连长，我代理排长。部队首长命令我们，坚守坑道，配合大部队凌晨向敌军发起反冲锋，夺回表面阵地。

休整时，老排长从上衣口袋里掏出那枚小黄花，放在鼻孔处深情地嗅着，脸上顷刻间便洋溢着幸福的微笑。我向老排长身边凑了凑，开逗说，想嫂子啦？老排长顺手推了我一把，去，去！我没有离去，向他凑得更紧了。老排长悄悄给我咬耳朵说，你嫂子月底来队啊！我算了算，到月底还有一周时间，战斗该结束了。我暗自为他祝福。

凌晨3时整，山头上响起隆隆炮声，排山倒海般地响个不停，我军反冲锋开始了。坑道里立刻沸腾起来。上级命令我们立即投入反冲锋战斗，老排长率领我们冲出了坑道，冒着炮火向山头冲，和敌人短兵相接，展开了近战、夜战，直杀得敌人鬼哭狼嚎，节节败退。白天丢失的阵地，又重新回到我军手中。我亲眼看到，老排长从一个士兵手中夺过队旗，把它插在了玉皇顶山顶，可就在这一霎，不幸的事发生了，一颗流弹击中了他。我不顾一切地冲上去，抱着老排长，痛哭道，排长，我们胜利了呀！……快到月底了呀！

老排长使出最后的力气，从上衣口袋摸出那枚小黄花，断断续续地说，给你……嫂子，醉……郎……花！

义犬

○江　岸

狗是最有灵性的动物。年轻的时候，我也喜欢养狗，养过许多条狗。但唯有那条被我叫做豆豆的狗，几十年过去了，我一直记忆犹新。有时想起来，差不多忘了它是一条狗，而像是我的兄弟、我的好朋友。

父亲是信阳车站的列车员。有一年冬天，他回老家黄泥湾，从我舅舅家里抱回来一只小狗娃。那是一只浑身淡黄的牧羊犬，一到家，就认准我是它的小主人，一天到晚摇着毛茸茸的小尾巴颠儿颠儿地跟着我。我喜欢它这小能豆的样儿，就叫它“豆豆”。

豆豆还真争气，啥事儿都想学，一学就会。它见我嗑瓜子，就趴在我的脚边，两只前腿支着脑袋，目不转睛地盯着我。我给它几个瓜子，它囫囵着嚼碎了。我一个接一个吐瓜子壳，过一会儿，它也吐出完整的瓜子壳——它竟学会了嗑瓜子。后来，它又学会了啃甘蔗、吸烟，学会了打滚、作揖、辨认我和父亲的拖鞋。

有一阵子，父亲跑货运，站站都停。星期天没事儿，我就带着豆豆跟父亲跑车。放假的时候，我们还跟着跑长途呢。北到新乡，南到衡阳，我们都跑过。去的时候，每到一站，我都带豆豆下去溜达，让它熟悉环境。回的时候，我把豆豆赶下车，让它一站一站撵火车。豆豆大站、小站经过上百个，从未延误一次，总是在卸货装货间隙撵上我们。

父亲年纪大了，不跑车了，做了扳道工。每逢父亲值夜班，豆豆总是将他送到扳道房。

只有父亲对它说过我挺好的，你回去吧。它才摇摇尾巴跑回来。父亲喜好京戏，夜晚不值班，都要到天升舞台看赵虹珠的演出。回来的路上，还陶醉在戏里，用巴掌打着板，眯缝着眼睛，哼着戏文。走着走着，一只黑狗瞅冷子咬了他一口。正好豆豆来接他，见状，扑过去一场大战，咬得黑狗无处躲，哀叫着钻进了人家的鸡窝。

那年冬天，父亲身体不适，回黄泥湾养病，竟一病不起。豆豆跟着回到老家。父亲去世了，豆豆不吃不喝，死死地伏在灵柩前，一个劲儿地哀嚎，还流着泪水。出殡的时候，豆豆耷拉着头，夹着尾巴，混在送葬的人群里，无精打采地走着。安葬了父亲，我磕了头，准备回去。豆豆却卧于墓侧，一动不动。我唤它，它置之不理。我只好强行将它抱回去。下午，豆豆不见了，一直找不到它。第三天，我去给父亲圆坟，发现豆豆偎在坟头上，饿得奄奄一息。我急忙拿出一些祭奠父亲的食品，先喂了豆豆。我想，如果父亲九泉之下有知，也必然会赞许的。

父亲去世后不久，我和妻子调到湖北广水工作。我们把母亲也接过去了。可是，没想到她们婆媳不和，母亲住了一段时间，坚决要回信阳。母亲走后，豆豆在广水天天不安地叫唤，闹得人心烦。我生气了，告诉它，我知道你想老太太了。你要有本事，你自己回去吧。豆豆听我这样说，真的回去了。

1957 年，我被划为“右派”，开除公职，发配到漯河劳动改造。妻子也和我离了婚，从此下落不明。我结婚不到一年，妻子即将生育。她带着肚里的孩子和我一刀两断，我如万箭穿心，死的念头都有。要不是考虑到老母亲无人照顾，我还有什么活头。

不久，赶上“大跃进”，全国刮起浮夸风。母亲每月只有 23 斤粮食，还要养活豆豆，艰难不言而喻。为了杜绝人狗争粮，政府号召打狗。后来我听母亲说，豆豆在这次轰轰烈烈的“打狗运动”中险遭不测。有一次豆豆回来，脖子上拖着细铁丝，满嘴是血，一看就知道是被人套住又挣脱的。打狗的风声越来越紧，母亲隐瞒不下去了，天黑的时候，做了一盆饭，让豆豆饱餐一顿，含泪抚摸着它的脑袋，劝它说，这儿太危险了，你回老家逃生去吧。豆豆头枕门槛，呜呜叫着，舍不得走。母亲又劝它，你趁黑走吧。豆豆怏怏地走出大门，又回头看了一眼，径直走了。

豆豆居然跑到漯河，找到“右派”劳改大队，找到我。看着豆豆瘦得皮包骨头，一身脏毛胡乱翻卷着，浑身伤痕累累，我知道它一路上肯定险象环生，九死一生。豆豆乖乖地蹲在我的面前，满脸重逢的喜悦。它的喜悦是宁静无声的——它已经没有力气了。可是，我自己尚朝不保夕，岂能照料得了它？只能偷偷省下一顿饭，悄悄喂了它，又温言相劝，把它劝走了。

从那以后，我再也没见过豆豆。豆豆啊豆豆，你在哪里安身立命呢？

几年以后，我获得了自由，回到信阳，和母亲团聚了。我回老家给父亲扫墓，看到父亲墓上杂木丛生，野草葳蕤，不禁百感交集。父亲去世时，我还是青春鲜活，转眼间，岁月已把我折磨成饱经沧桑的汉子了。我摸了摸满腮粗硬的胡子，悲从中来。

好不容易收了泪，我突然发现，墓地一侧，有一片野草分外茂盛，草色比周围也深得多，几近于黑。

这是怎么一回事儿呢？

我询问附近一个放牛的老汉，老汉说，几年前，不知打什么地方来了一条野狗，浑身脏得都看不出毛色，偎在坟边便不走了。没过几天就饿死在了坟旁。

我听了，泪如泉涌。天啊，这不正是我的豆豆吗？我的至诚至信的豆豆哟……

心之雨

〇晓　立

我是那个雨后以高分走进这个城市，走进这个重点高中校园的。同时走进的还有我的同乡，同一个县城的丽娜，以及我们姐妹俩彩虹一般的梦想。

在这个年级，我与她的考试成绩总是没出过前三名，且不相上下。班主任老师说，好好学，你们是北大的料。不过由于偏远，这个莘莘学子梦寐以求的最高学府每年给咱校的只有一个名额，所以说谁笑到最后谁才是最好的。

我是个聪明的女孩，知道下工夫苦学，才能出人头地，教室的墙上挂着“书山有路勤为径，学海无涯苦作舟”的条幅。在学习的日日夜夜里，我就是一只蚕，不停地啃食桑叶。更是一块有着极强吸水力的海绵，日夜不停地接受知识的滋养。老师也常说，课堂就是激烈竞争的战场，有本事冲上来，也得有能力杀出去，不胜则败。

一晃离高考的日子越来越近，我们的拼杀也进入了白热化。每天瞄着丽娜匆匆的影子，我在暗中加劲。从教室到食堂，再到宿舍，三点一线成为我们的“生命线”，在各类模拟考试中我们是并驾齐驱。有人说，我们是校园中的两朵牡丹。

就在高考前一个月，她的家里突然发生了意想不到的事件——其父不幸溺水身亡！

听了这事我很是震惊！但又不知为什么，心里同时也有一丝别人无法察觉的快意。这事没人告诉丽娜，家里当然进行了消息封锁。但有同学知道了，便悄悄地告诉我，说你真幸运，机会来了。同学的“好心”我明白，只要丽娜知道家里的事，她的学习肯定要受到影响。在我俩成绩不相上下，又是在高考前的关键时刻，我不用特意把这事儿说给她，只要有一点暗示或者提示就够了。我该如何选择呢？

我们这里一年一度的高考几乎都是在细雨绵绵的日子进行的。我的心里却没有潮湿，反而晴朗成阳光灿烂的天空。

考完的第二天，丽娜的家里就来了电话，让她回去一趟。我知道该是她伤心的日子了，我可以想见她哭得死去活来的样子，美丽的脸上肯定流着伤悲。但此时的打击，无论如何对她的前程已没有影响了。我在默默祝福她。

通过核分，我们的发挥都很正常，高分是肯定的了。平时，我俩都有领跑的时候，次数也差不多。但高考是残酷的，也是最终的判决，难道非得要分出个伯仲？当久盼的成绩出来时，我不禁大失所望——我比丽娜只低了一分！

我彻底蒙了，呆呆地站在校园里。此时起风了，涌上一片黑云，“哗啦”就下起雨来。同学们很快四散而去，我则站在“噼噼啪啪”的雨中，听一些人的呼喊。他们是在喊我么？仿佛天籁。“你真傻，真傻……”我后悔自己过于天真，是个孩子，离成熟还很遥远，没走出校门就重重地摔了一跤。

回到县城，人家都说我考得不错，没有辜负父母的期望，可以上个不错的大学么。我知道他们是在安慰我。值得庆幸的是，腿脚不好的父亲在那个雨季也险些丧命，现在身体已经恢复。母亲告诉我，你父亲冒雨去上班，路过暴涨的小河边，哪知一不留神就滑了下去。眼看着就要被洪水冲走，多亏了丽娜她爸路过……母亲没说完已泣不成声。

原来还有这事，我震惊，更多的是感动，泪水若汩汩的泉水流过我的脸……

我知道，这些在高考前家里也是不可能告诉我的，可怜天下父母心哪。现在我真的无话可说，仿佛身体一下飞得很高，鸟瞰这世界上的蓝天白云，呼吸清新的空气，五脏六腑都得到净化。对于我的选择，我没有丝毫的后悔，有的只是感恩。

又是雨后，天气格外清爽，空气中不时散发着泥土和青草的香气。小河的水没了往日的激情，好像在轻轻地为勇者呜咽。我独自走在父亲走过的小路，突然觉得眼前的河水暴涨起来，丽娜的父亲在激流中奋力地救人，身体疲惫得实在坚持不下去了，渐渐没了踪影……我大声呼唤，无人应答，只有远山的松涛在阵阵回响。

前边不远有个人，静静地站在那儿向河水祈祷，洁白的连衣裙在风中飘舞——是丽娜么?

我怔了一下，大步向她奔去……

我们陪着你

〇樊碧贞

你独自坐在村头那湾浅浅的溪水边，一坐就是大半天。

你时常这样。这令孩子们很担心。先是老三知道了信息，随即老大喊老二，老二传老幺，他们携妻带子齐齐地回来了。你很高兴，那晚喝了很多的酒。你说，这辈子你知足了。比起你的那些兄弟，你是掉进福窝里了。说着说着，你流泪了。

孩子们有些不知所措。他们以为你病得不轻，几个兄妹待在老屋里说了半宿，决定带你进城看病。你不想去。可孩子们这次很坚决。他们说了，有病看病，没病也求个放心。你还是去了。作为父亲，你不忍心拂了孩子们的好意。

医院大楼里的来苏味，让你感觉很不舒服。你还是喜欢在村子里住着。一树桃花，几杆青竹，跟进跟出的黑狗，以及隐在绿树丛中的老屋，让你觉得实在和快乐。好在孩子们一直陪着，你平静地做完所有的检验项目。

等了两天，检查结果才全部出来，你一切正常。你早知道是这个结果。这么些年，除了腿脚不如以前灵便，你自己感冒都很少得。你进城来，无非是为让孩子们放心。

现在一切都很好，孩子们也放心了。他们留你在城里多住些日子，你却急着回去。你说，眼看清明节就要到了，再留下来就赶不及了。

其实，离清明节还有好几天。那些事情，花个一两天是完全能够做好的。至少，孩子们是这么认为的！

你不这么看。往年，有老伴儿帮你。你根本不用插手。她是个善良能干的女人。她懂你的心思！

以往清明，你只需预备好几张白纸。要扎几束白花，要裁几套衣服，你只要给老伴儿讲一下，她就能帮你做好。老伴儿有双巧手。她把你买回的纸放在桌上，用手抹平，不用尺量，手来回比画，随后就听到“咔嚓咔嚓”的声音，很快，一套衣帽鞋袜就成型了。你在一旁打下手，只需用糨糊把边缘糊好就成。

老伴儿一直没闲着，她把边角余料收起来，做成白花。清明节一到，你们俩人带着孩子去上坟祭祖。先人坟冢不远，十来分钟就到了。你把糖果等祭品摆上，倒一小杯白酒，点上三炷香，化过几把纸钱，响过一挂鞭炮，拜上三拜就算礼成了。你也会在坟头压上几张纸钱，覆上一把泥土。孩子们在你身后，鼓着腮帮子吹蒲公英玩。

然而，在小溪边，这种情况就不同了。

那是不同于祭祖的祭拜。孩子肃立一旁，老伴帮你把小白花挂在树上。你没有摆供品，只是一个劲地往溪水里倒酒，直到酒瓶空了。你说，你想念他们。起初，孩子们不明就里。后来，你把那些事情说了出来——那是让你刻骨铭心的一场海战。一说起来，你就难以打住。这个故事，说了多年。孩子们说，你那样子，像评书人说起三国周郎，像祥林嫂讲起阿毛。

你没责怪他们。很多年前的事情了，怎么能要求他们跟你一样呢！

年前，老伴儿走了，所有的事情都留给了你。你想，这个清明，你也要给老伴儿烧烧纸，难得她那么懂你。——你的命是那些战友给的，我们要像供奉先人一样记住他们。老伴儿这么说，也是这么做的。这一点，孩子们是无法做到的。

不过，孩子们也很懂事，他们执意要送你回去。你不肯。都是有工作的人，不能老耽搁。你告诉他们，说你一个人能成。在走之前，你去了一趟裁缝铺。

你回来了。过那条小溪，你就到家了。你坐下来歇息。溪边草丛里或红或黄的野花开遍了，一盏一盏如歌般灿烂！

以前，你常一个人在溪边待。你也不多想，就喜欢看那溪水从你面前流过，流向远方……

今天，你不想在溪边久坐——你有事情要做。你朝着绿荫深处喊，阿黑。一团黑影从绿树丛里冲出来，涉水而来，很快就到了你的跟前。是你的阿黑！它冲你摇动毛茸茸的大尾巴。你们像久别的朋友一样，你轻拍它的头，它轻蹭你的腿，很是亲切。

你带着阿黑从浅水里走回去，那水浊了一股，不过很快又变清澈了，水底的卵石清晰可见，软泥上还有硬壳的甲虫在爬动，闪闪地亮。

你不想去惊动它们。这样的美丽和安宁令人向往。当年，你们忍受着眩晕，冒着炮弹的攻击，所求的就是这种幸福和安宁。只是那时，这种简单的幸福，也很少降临。

那时候，敌方疯狂地发射炮弹。战士们想在被窝里眯上一会儿，或者安静地回想无所事事的童年也是不可能的。一艘船中弹侧翻，你就在那船上。

等你醒来，面前是一个雪白的世界。刺鼻的来苏味让你感觉很不舒服。后来你才听说，为救你这个最年轻的海军战士，很多战友魂归大海。

随后，你要求再上前线，只是你的腿很不听使唤。部队首长说，你好好活着，就是对他们最好的纪念。

你回了家乡，娶妻生子，日子过得平淡。雷打不动的，是小溪边的祭奠。这一次也不例外。你买了白纸，折了白花。你还准备做几身衣服。你照着裁缝画的样子，用废纸一遍一遍地试，终于还是赶在清明前做成了。

清明一早，你就起来了。如今老伴儿走了，儿女不在身旁，你得一个人去上坟，去小溪边祭拜。你想好了，让阿黑陪着你去，这样也不孤单。正想着，屋外响起阿黑汪汪的叫声，出门一看，老大老二老三老幺齐齐地站在你面前！他们说，爹，今天放假，我们陪着你。

你的泪泛滥如村头的那湾溪水，耳畔满是孩子们强有力的“一二一”……

家狗老黑

〇徐水法

天蒙蒙亮，老黑追一只野兔路过一个三岔路口时，一脚踩进一个上面掩饰得很好的坑里，随之一阵剧痛从落进坑里的脚上传来，急速中的老黑被迫无奈地停下来，低头发现自己的右脚踝被一根细铁索拴住了。它狠命一甩，“啪”的一声，旁边的杂柴中间弹出一把竹弓来，它以前见过，这是人类捕捉野兽用的。它想低头咬断，却发现根本无从下口。刚才弓索“啪”地一下，感觉拴在脚踝上的细铁索更绷紧了，原来离开脚踝部分那段铁丝缩进一段粗大的毛竹筒里，这是连野猪也咬不碎的老毛竹根部做的。老黑想带着它走，却无能为力。一来脚一动铁索就勒进肉里，二来这竹弓索沉重不堪重负。老黑心想别无他法，只好等人来解救了！“嗷……”老黑悲怆地发出长鸣，希望主人能听见声音前来救它。

天渐渐亮了！已经痛得有点迷糊的老黑隐约中听见轻微的脚步声。“有人来了!”老黑支撑着用另外三条腿站起来循声看去。“呜——”老黑发出哀求的叫声。那人一听声音，陡地站住，呆了呆，又走向前来。“呜呜——”，老黑激动地低声叫着：“这下我有救了!”渐渐看清了那人，五短身材，眉眼看上去也不怎么周正，他的手里拿着一把闪着寒光的柴刀。他来到老黑面前，仔细看着老黑。老黑心里那个急啊！快点救我吧！我又不会咬你。一会儿，那人似乎下了决心，伸出手摸摸老黑一拱一拱拱向他的头，拿起柴刀，把那竹弓索挥手砍断了，劈开了竹筒，把老黑血淋淋的脚从细铁索环里慢慢拿出来。老黑此时已疲惫不堪，一阵虚脱，四肢无力，双眼一黑，一头栽向地上，什么也不知道了。

醒来的老黑发现它已来到了一个陌生的地方。那人正在用一块布蘸水清洗它的伤腿，又给它上了药，然后，又用布慢慢地仔细地包扎好。老黑知道这是在给它的腿上药，它感动得只会“呜呜呜”地叫着，同时摇着尾巴表示谢意。

老黑被新主人好吃好喝养着，几个月后，老黑腿上的伤是基本好了，只是走路有些瘸了。可老黑有时仍然很烦躁。它至今不知道害它的弓索主人是谁！尤其那把竹弓，让它见到真恨不得咬得它粉身碎骨！老黑也怪它的老主人，怎么就不来找它呢？老黑想念着呢。

新主人似乎知道老黑的心思，有一天，他拿来一把竹弓索，又扎了一个穿衣服的草人，把弓索放到草人肩上，对老黑说：“老黑，就是这人放的弓索，你咬他吧！”老黑看见那把竹弓就双眼恨不得冒出火来，把弓索烧掉！它听得主人这样说，就狠狠地扑上前去，几下就把草人撕了个肢体分离！新主人很理解老黑，过几天拿一个草人来，让老黑解气！只是老黑有点不解：这草人的衣服穿在那里，有点像老主人，总不可能是老主人放的吧！老主人家里外老黑都熟悉，没有弓索之类的东西。

老黑想不通新主人三天两头带它换地方住是怎么回事。不过，主人顺着它宠着它，这是肯定的事！相比之下，新主人比旧主人对它更疼爱有加。

感觉天有点冷了！老黑想冬天大约要来了！它想冬天追野兔是最惬意的事，雪地里的野兔笨笨的，几个回合就会成为老黑的口中之物。它每年冬天都要为主人抓好多野兔，老主人每次看老黑抓了野兔回来，总要想方设法犒劳老黑一番。今年看来得为新主人抓了，老主人大约真的不要它了，再说，那些弓索也可能是他放的，如果不是新主人，老黑的腿可能真的要断了！

新主人好像知道他的心事，告诉老黑要带它出去走走，把一直拴住它的绳索也解掉了。老黑撒开四腿跑了跑，感觉一只腿短了些，但也没多大影响，它决心要好好表现一番，来报答主人的恩情。

老黑被新主人带去追野兔，挺兴奋也挺卖力的，一天下来收获不小。主人也仗义，晚饭比平时更丰盛，老黑吃得很舒服。主人把吃完饭的老黑带到临时铺的窝里。一天奔波下来，老黑也真的感觉有点累了！不久在干稻草的清香中睡着了。这一觉它睡得好香！

半夜里，它醒了过来。可睁开眼一看，它以为自己看错了。用前爪又揉揉眼，没错！这屋子的后半间堆放很多竹弓索。它起身走近去看看闻闻，发现这和当初绊住自己的一模一样，有几把弓索上连血腥味都有。原来新主人才是竹弓索的真正主人！

现在一切明白了。老黑才知道新主人一直在骗它，一直在利用它，还想用它来为自己捕捉野味。新主人才是真正害它的凶手！老黑不由悲从中来，忍不住长声悲嚎起来。从梦中被惊醒的新主人连衣服也没穿整齐跑了过来。老黑从他身边夺门而出，想想毕竟这大半年他对自己还好，忍不住回过头来低首冲他吠叫了几声，声音低沉呜咽，带着无限悲伤无比苍凉的感觉。

老黑不知道自己该去哪里，不过已顾不得那么多了！老黑义无反顾地冲进沉沉黑夜中。

苦水玫瑰

○赵文辉

吹雪大学毕业后，作为青年志愿者去了大西北一个叫苦水的小镇，支教。

一听这个名字，便可以想象那里的生活。苦水虽贫，却是一个充满诗意的地方。它盛产玫瑰，一到花季，空气中便飘溢着浓郁的香味，从早到晚，梦里也拒绝不掉。由于当地特殊的地理环境和红黏土质，苦水玫瑰香型独特、纯正，含油量特别高。当地提炼玫瑰油的高手，也就数扬花了。

扬花是民办教师，和吹雪教碰头班。吹雪亲眼见过她用土法提炼玫瑰油，竟是用木笼蒸炼而出，要三蒸三晒。玫瑰油能当香水，扬花送一瓶给吹雪，吹雪用后，便把随身带的香水全扔了，说是假货。吹雪缠着扬花教她蒸炼，说“授人以鱼，不如授人以渔”。扬花笑着答应了。

其实扬花的日子很难，丈夫几年前出意外瘫了，还有一个女儿和婆婆。上完课，就得忙家务，收种庄稼也是她的事。吹雪在苦水待了两年，没见扬花添过一件新衣裳。吹雪就把自己几身衣裳给扬花，扬花不收。吹雪说：“都是旧衣裳，我真的穿不着了。”扬花才收下笑着说：“我成讨饭的了。”吹雪说：“你家改善生活，回回叫我，我才是讨饭的呢。”

扬花家里欠着债，一分钱总想掰成两半花。可她也有不心疼钱的时候。一回，一个叫魏娟的学生因交不起学费，家长让她退学。扬花去做了几回工作，眼见魏娟的家长借也借不来学费。魏娟又泪水涟涟，扑通一下跪在扬花跟前："老师，俺知道您的好心啦……"扬花转过脸，泪水也下来了。回去后就找校长，给学校打了个欠条，让魏娟又回到了学校。那张欠条，冲了她半个月的工资。

两年很快过去，这批志愿者要返回了。离开苦水的那天，吹雪跑到供销社买了一箱"苦水大曲"，送给扬花丈夫。扬花送了吹雪两瓶纯度很高的玫瑰油，说带给你那一位吧，玫瑰象征爱情。说爱情二字的时候，吹雪发现扬花的眼睛里有什么东西一闪，她猛然想起扬花其实比自己大不了几岁，可生活的担子，早把她压出了一副老相。

吹雪回到内地。一下火车，那个等了她两年的恋人正张着双臂冲她微笑，她燕子一样扑了过去。恋人端详她的脸，问："是不是成天啃咸菜萝卜，舍不得吃舍不得喝?"接着又责怪她："结婚费用我已经准备好了，还用你操心?"恋人的话使吹雪摸不着头脑，她问："怎么回事呀?"恋人告诉她："苦水那边打来一个电话，说你的一万元钱几天内就汇过来了，我猜肯定是你省吃俭用攒下的。"吹雪更是纳闷。

几天后，果真一张汇款单从苦水飞来，还有扬花的一封信。扬花在信里写道：谢谢你送给我们的"苦水大曲"，真幸运，第一瓶就喝出了大奖，真是好心有好报。我去兑奖后，按你留下的你恋人的地址汇了过去，注意查收。扬花还写道：吹雪，来年花开时，我再给你蒸两瓶玫瑰油，我知道你喜欢。

吹雪手捧书信，望着苦水的方向，分明闻到了千里之外的玫瑰花香，喃喃道：扬花，你就是一枝苦水玫瑰啊……

爱在流行时

〇谷　凡

当明星一直是小北的梦想，她觉得自己就是为当明星而生的，因为认识的人都说她长得像个明星。小北相信这些人说的没有错，因为在她很小的时候，家里人带着她坐火车，车厢里的人都说她长相好，像个小明星。

小北开始对明星有了幻想，当明星有那么多人围着看，多有意思。再大些后，小北的学习，也是为着将来当明星而准备的。她读书，古典的现代的，全读，还背会了大量的唐诗宋词，嘴里经常会说，在欧洲文学史上谁谁的地位如何如何。小北对同学说她要为将来做明星打好所有的基础，不管将来遇到什么样的角色，古代的还是现代的，只要让她演，她就要演活。她口里绝对不能出现把肋骨读成肋（lè）骨，把抹布读成抹（mǒ）布的错误。

小北爱关注报纸上刊登招聘演员的广告。第一次去应聘，就被相中了，尽管角色很小，但小北知道了什么叫拍电影，看到了那个有点名气的导演。小北真的觉得自己有做明星的条件，虽然她拍的电影一直没有被公映出来，也没有再被叫去拍过什么戏，但她确实演过戏了。这让小北坚信将来的影坛是要靠她来支撑的。

同学里面有些人嘲笑小北，也有些人坚决支持她。支持她的同学里有一个叫李尧，是和小北在一个院子里长大的。李尧知道小北要当明星，他一百二十五万个赞成。差不多每次去应聘，李尧都陪着小北。小北不再想着考这个艺校那个学院了，因为这个学院那个艺校，并不能把她培养成明星，而且学费贵得吓人，根本不是她这个一般家庭出身的女孩能负担的。小北就想走捷径，因为她相信自己就是未来的大明星。

小北对李尧说："等我将来成了大明星，你就是我的经纪人，到时候我们可以买好车，雇保镖，去最高档的地方吃饭，一次吃两辆车钱。"小北说这些话的时候，觉得自己真的就成为了明星，坐和站的姿势，都开始有了标准，因为笑和挥手的动作，她已经对着镜子练过好几百次了，每次都问李尧到位没到位，尺度把握得合适不合适。但是，李尧看小北的时候，什么动作都是到位的，就是小北蹲下身子系鞋带，他也感觉小北是在舞蹈，动作优美。

从东城到西城，只要有能让小北当明星的机会，李尧都会跟着跑，小北需要什么，他就提供什么。连小北自己都不记得他们做了多少次这样的事情了，但李尧一次也没有规劝过小北，让她放弃当明星。小北的爸爸妈妈为了将来的小北，开始控制小北的花销，想以此来灭掉小北想当明星的梦想。李尧对小北说，只要有他在，什么事情都不要担心。并把自己省下来的钱，全部贴给了小北。

有李尧做后盾，小北省心多了。有些招聘演员的消息，都是李尧帮她打听或从网上查出来的。李尧又听到一条有关招演员的消息，而且还是个大片，他告诉小北，这次一定能成功。他们提前准备，李尧答应小北三天不去学校上课，要帮助小北把所有应聘能遇到的问题，提前排练出来，预演一次，以免小北到时候不知该怎样应付。

他们整整做了三天的准备工作。到了那天，小北和李尧信心百倍地去了。人很多，问题也很多，好在小北已经有了很多这样的经验。当小北把最后一关过了后，都忘了什么时间了，反正是天已经黑了。李尧把水和吃的东西送到她手上，小北说不想吃，只想睡觉。

这里离学校很远，去酒店里休息是不可能的，不是他们不想去，而是口袋里的钱不允许。李尧就带着小北找到了一个长椅，让小北躺到上面休息。

小北一觉睡了多久记不清了，醒来后她看到李尧身子弯成一个豆芽状护着她。李尧怕小北不舒服，自己只占了长椅一点地方。小北笑了，很开心地笑了。她拉拉李尧的胳膊，李尧醒了。小北坐起来说："我们回吧！我不想当明星了。"李尧迷迷糊糊地说："为什么？说不定就是这次了。"小北跳起来，拉起李尧的手说："我有你，干吗还要去做明星！"

请她来吃顿饭吧

○周海亮

老家伙住在市郊，修鞋为业。他的手在各种各样的鞋面上摩擦，他的嘴里总咬着一颗生了锈的鞋钉。老家伙修了一辈子鞋。老家伙靠修鞋养活了自己和儿子。老家伙的儿子初中毕业后就进了工厂。机器轰鸣中，他站在铣床前，满手油污。

老家伙的儿子，交了女朋友。

下了班，儿子来到鞋摊前，看老家伙修鞋。这时，女孩过来取鞋。她打开挎包，捏出三枚硬币。儿子伸手去接，没接好，一枚硬币滚进下水道。女孩问，算谁的？儿子说，算我的吧。两枚硬币丢进老家伙的人造革提包。老家伙当然不愿意。两块钱，刚够了修鞋的本钱。

可是不久后，儿子就和女孩谈起了恋爱。老家伙兴奋异常。他觉得这一块钱丢得真值。

老家伙很丑，儿子也不漂亮。老家伙很穷，儿子当然寒酸。老家伙没有文化，儿子更是粗人。老家伙觉得时来运转。这么好的女孩，竟看上自己的儿子。不可思议。

女孩在儿子的盛情之下，来到家里做客。儿子嘱咐老家伙，女孩爱吃火腿。于是老家伙在超市转了一个上午，买了最好最贵的火腿。女孩和儿子在厨房里忙碌，他想打个帮手，女孩说，您歇着吧，叔。老家伙心里就乐开了花。以前女孩找他修鞋，管他叫师傅。现在师傅成了叔，距离也拉近了很多。她成为自己的儿媳，似乎只是时间问题。

儿子切了满满一盘子火腿，端上桌子。火腿没有摆盘，乱糟糟一堆，看着别扭。老家伙闲不住了，他洗了手，将切成薄片的火腿摆成一朵盛开的花。一会儿儿子过来，看到“火腿花”，问他，您摆的吗？老家伙说，当然。儿子跷了大拇指。他说，真漂亮。

一桌子菜，很快上齐。女孩坐在儿子旁边，安静地吃。突然，老家伙发现女孩尝遍了所有的菜，唯独不动那盘火腿。老家伙的心抖了一下，他冲女孩笑笑，说，尝尝火腿。

女孩说，我不爱吃火腿。

儿子说，不是最爱吃火腿吗？

女孩说，你听错了。

儿子不识时务。他用筷子夹起一片，硬往女孩嘴里塞。女孩咯咯地笑着躲闪，儿子的筷子紧紧追随。终于女孩不再笑，她的表情甚至带了几分愤怒。儿子瞅准时机，准确地将那片火腿塞进了女孩的嘴巴。

女孩的脸一下子白了。

她惊恐地吐出那片火腿。火腿沾着她的口水，落进鱼香肉丝的盘子。女孩站起来，瞪着眼冲儿子叫，你这是干什么？

儿子愣住了，呆住了，糊涂了。

不欢而散。

几天后，老家伙在鞋摊修鞋，看见了女孩。女孩挎着坤包从他面前走过，目不斜视。老家伙喊，闺女！女孩回了头，冲老家伙微笑。那是标本似的微笑。那微笑拒人千里。

老家伙想，到底还是被料到了。

回了家，问儿子，你女朋友怎么不来了？儿子说，黄了。老家伙问，为什么黄了？儿子说，不为什么。老家伙问，不会是因为我吧？儿子说，怎么会。老家伙问，不能再合？儿子说，别合了。性格不一样，合在一起也难受。

可是他们不合，老家伙才难受。儿子三十多岁了，老家伙觉得他应该抓紧。

所以第二天，老家伙没有出鞋摊。他去了超市，买回鸡鸭鱼，当然，他没有忘记买最好最贵的火腿。他把这些东西堆在厨房，等儿子回来。

儿子回来了，老家伙垂了手，站着，冲儿子说，请她来吃顿饭吧！你们吃，我出去。

儿子说您这是干什么呢，爸？上次吵架，又不关您的事。老家伙说怎么不关？儿子说真的不关。盛火腿的盘子里有一只苍蝇，她看到了，没好意思说出来。老家伙说真有苍蝇吗？儿子说真有苍蝇，咱俩都没看到。老家伙说那你们还能合好吗？儿子说我试试吧。老家伙说那你去请她过来吃顿饭吧。儿子点点头。儿子说，好。

老家伙就高兴地笑了。儿子却转了身，偷偷抹泪。

吃 鱼

○张爱国

那天下午放学，初夏的阳光还在火辣辣地照着大地。刚到院前，一股浓烈的鱼香扑鼻而来。我深吸鼻子，确定源头就在我家。

我冲进厨房。灶台上，两条鲫鱼，和铅笔差不多长，表皮微微焦黄，还撒了葱花。我端起盘子，鼻尖挨着鱼，贪婪地闻着，恨不能将那香味全部吸进肚子。我更想将那两条鱼吞进肚子，但我不能，我知道，今晚一定是王婶要来了。王婶是哥哥的媒人，她每次来，母亲都要烧两条鲫鱼。

母亲不在家，大概是借肉或鸡蛋去了。看着那淡黄色的上面还漂着一层亮晶晶油花的鱼汤，我禁不住抿了一小口，鲜味立即充塞了全身每一个毛孔。再喝一口……

我竟然喝光了鱼汤。

母亲还没有回来，王婶每次吃鱼的情景出现在眼前：喝酒时，母亲夹一条鱼放她碗里，她一口咬掉鱼头，嘴巴咝咝吸几下，一番咀嚼后就吐出一小团鱼骨，接着咬鱼尾……吃饭时，母亲将另一条鱼夹给她。吃第二碗饭时，母亲就将鱼汤全倒给她。常常，我坐在门槛上，眼巴巴看着，祈求王婶吃一碗饭就饱了，就能把鱼汤剩下了，或者把鱼刺吐在桌上而不是吐在地上被狗吃了，但王婶根本不顾我的想法……想到这，我恨起了王婶，尽管她有功于我家——给我残疾的哥哥说合了一门亲事。于是，我抓起一条鱼，一口咬掉鱼头……

我一定是中了邪或是吃了豹胆——我将两条鱼吃光了。

就在我开始意识到问题的严重性时，突然觉得喉咙有异样。我轻轻咳一声，疼！再咳，更疼！完了，我被鱼刺卡了。于是一种更大的恐惧袭向我。

我瘫坐于地，想到了黑毛爹，他是被鱼刺卡死的（事实是黑毛爹得了癌症，临终前想吃鱼，家人好不容易弄了条鱼，他吃后夜里就死了。大人们说他是被鱼刺卡死的，目的是吓唬孩子们别总嚷着要吃鱼）。他那么大的人鱼刺都能卡死，我还能活吗？我不想死，我死了，我的牛、我的伙伴、我的父母，还有我那即将过门的傻乎乎的嫂子……我都见不到了。我怕死，死后我将被埋在那有着很多坟堆和黄鼠狼的南岗，夜晚，那里还有鬼唱歌……

我躺在床上，只觉喉咙越来越疼，我知道我离死越来越近了。我急切希望母亲回来，告诉她我将死了，告诉她我不该偷吃鱼，告诉她我的死是罪有应得。可是，天都快黑了，母亲、父亲……家里所有的人，都没有回来。恐惧，随着夜幕，越来越重地压着我。

母亲回来了，她是小跑着回来的。我低低喊一声。母亲不理我，跑进内房，拿了什么东西就又要出去。我提高声音喊："妈，我……要死了。"母亲没有我想象的那样抱着我哭，更没有问我还想吃什么，而是头也不回地说："死了好，死了就不要我花钱又受气了！"

我不恨母亲，我知道母亲一定又是遇到了难事。我隐约觉得与哥哥的亲事有关，难道是嫂子家又要毁约？是王婶又责怪母亲对她招待不周而作梗了？我管不到这些了。我现在是在等死。我只想着死后没了母亲谁给我做饭？死人们吓我打我时我该怎么办……

喉咙还在疼。我困了，但我不敢闭上眼——奶奶说过，要死的人眼一闭就再也睁不开了。我强睁着眼，呆呆看着屋顶，希望母亲尽快回来，问她关于我死后的所有的恐惧。

母亲终于回来了，一家人都回来了。

“妈，我被鱼刺卡了，要死了。”我哀哀地说，“我不该偷吃王婶的鱼，我该死……”

“吃了好！你不吃也是被猪吃了，这几年我家的鱼都是被猪吃了。”母亲冰凉的手擦了我脸上的泪，抱住我放声痛哭，“我的傻儿子，鱼刺卡不死人。你死不了，你还要给妈争气……”

后来我才知道，那天哥哥的亲事泡汤了，是王婶从中作的梗。

那年，我八岁。

那次，是我第一次吃上整条的鱼。

藤　椅

〇周　波

晚上，我和娘一起到院子里纳凉。娘很喜欢我住的四合院，说这种院子乡下也常能见到。娘对城里的商品房则一点不感兴趣，说住在那儿，就像进了笼子，人会闷死。所以到现在我迟迟没有过要迁居的打算。

我和娘聊天的时候，院里的邻居也陆陆续续地从家里出来纳凉。

“阿伟，你娘来了呀?”

“是，刚从乡下来。”

“大嫂，阿伟几次说起过你老人家要来。”

“要不是伟儿逼我乘车，我还想走着来呢。”娘边说边从兜里翻出几个梨子分给邻居吃，“乡下没啥好捎的，伟儿小时候不喜欢吃其他水果，就是这梨子百吃不厌，大家都尝尝。”

邻居们都高兴，抢着吃梨。

“阿伟，怎让你娘站着，快去拿凳子。”心直口快的王大嫂催我。

怪我粗心，光顾着吃梨了，也没想过娘站着累不累。我赶紧起身去搬椅子。

娘却拦住我说：“在乡下每日种田、挑水的，整天站惯了，坐还不舒服呢。”

我想也是。在乡下生活时，真的很少看到娘有坐的时候。我看娘固执地不肯坐，只得又吃起梨来，娘则站在我身边笑着看我吃梨的馋相。

翌日晚上，我和娘又早早地来到院子里纳凉，出门的时候，娘贴着我耳朵说："阿伟，给娘拿把椅子来。"

我想娘大概是累了，进城后，娘还没好好地坐过呢。

整个晚上娘就一直坐在椅子上，不停地同院里的邻居们聊城里和乡下的事，把我晾在了一边。不过我还是很高兴，这么多年来，我还是头一回见到娘这么开心。后来，娘坐的椅子吱吱地响个不断，我看娘显得有点坐立不安的样子，就问是不是这把椅子不舒服。

"哪会，软绵绵的藤椅挺好的，我只是不习惯坐。"

我说："回头您带走吧，这儿还可以再买。"

"咱伟儿真孝顺，连椅子都想着娘。"娘说这句话的时候声音很响，大老远的地方都能听见。

午夜，院里的人散了，我劝娘该进屋了，娘却坐在藤椅上不起来。我惊奇地望着娘，不知她老人家想做什么。

"伟儿，早上，娘听到邻居有人说，阿伟是个不孝儿子，让他娘站了一个晚上。今晚上，娘想好了，无论如何也不站了，再累也要坐在椅子上，咱家都是老实人，可不能让别人戳咱们的背，你说对吗？"

我听懂娘想说的意思了，眼泪一下子溢满了眼眶。

过了三天，娘说农村的田里该做活儿了，得赶回去。临走娘特意背着那把沉重的藤椅挨家挨户地去打招呼，告别时直说伟儿孝顺。

菊花枕

〇孙宏亮

母亲给我做了一个野菊花枕头。那一夜我枕着香气四溢的枕头睡得很香、很沉。

母亲今年74岁了，已是耄耋之年。那个秋天，不知她老人家翻过了多少座山坡，走过了多少道沟沟坎坎，终于采到了足够装枕头用的野菊花。在她的窗台、阳台和床上晾晒，干透了后，缝了两个枕头，乘公共汽车送到我的家里。一个给她的孙女，一个给我。

母亲还说："书上说了，枕野菊花做的枕头，养脑安神。我想，孙女枕这个枕头能学习好，我儿子枕这个枕头头脑清醒，能干好工作，就给做了。"

母亲说："今年过季了，我也没有能力走得太远，没有采到足够的野菊花儿，不然也给儿媳妇做一个，等来年的秋天我再去采。"

我的心顿时一紧，鼻腔酸酸的，似有一种负疚感，便赶紧招呼母亲吃饭。望着母亲那被风吹乱了的满头灰白色头发，看着母亲那双粗糙的布满皱纹的手，我终于控制不了自己，躲到了一旁，泪水夺眶而出。

饭后，我挽留母亲搬到我这里住。我说："眼见天就要冷了，我这房子宽敞，也给您准备了房间，冬天有暖气，您就过来一块住吧！"

母亲说："俺不，一个人住着自由，习惯了。"

我知道拗不过她，又说："那就在这多住几天吧！"

母亲还是不答应。吃完饭便匆匆地走了。我望着她蹒跚的步态，望着她那苍老的背影消失在人群中，无法控制的泪水又一次冲出了眼眶。

自父亲去世以后，母亲就一个人住在老宅。为了让母亲安度晚年，我倾囊买了一处宽敞一点儿的住宅，预备了朝南的房间，还将母亲年轻时仅有的两张彩色（人工描色）照片在画廊精装后挂在卧室。虽然母亲喜欢，可是终不来久住，我也曾试探原因，却始终没有得到明确答复。我想，也许老房子曾经是我们八口之家的安身之所，现如今，父亲、哥哥先后去世，四个姐姐均已出嫁，我也有了自己的小家，但母亲对亲人的思念还停留在那儿吧！或者是母亲不愿意和儿媳妇在一起过，生怕一不小心闹出个婆媳纠纷，影响了我的家庭幸福？

记得有一次我送母亲回家，问她是不是这么回事。母亲叹了口气说："唉！我怎么能不愿意和儿子住在一起呢？可住家过日子，哪有碗不碰碟子的？一旦闹出个不合适的，红了脸儿，婆媳以后还怎么见面啊？还是我自已过吧，冷清点儿有什么？慢慢就习惯了！"

我听得出来，母亲的话中流露出很多的无奈，我也想，是不是媳妇儿有什么地方对母亲不周到了，也没看出来呀？婆媳之间哪怕是一个眼神也许都是复杂的感觉碰撞吧？粗心的儿子怎么都能体会得出呢？还是母亲想得多，看得远。老人总是习惯把"问题"看得复杂些，我到老了也会是这样吧！

母亲送来菊花枕的当天晚上，我早早地躺到了床上，将头轻轻地放到菊花枕上，一股原始的、纯净的、清新的花香沁进心田。妻子在一旁边看电视边问："你喷香水了吗？"

我说："没有，是妈做的菊花枕散发的香气。"

妻子说："真香啊！"我说："妈说菊花不够了，没能给你做一个，你不生气吧？"

"生气有什么用？还是儿子重要啊！我只能等到来年了！"

我感觉妻子语气的味道不大正常，便试探着问：“妈一个人住我不放心，你看什么时候把妈接过来一块儿住好不好？”

妻子说：“妈她自己愿意就来，不愿意就不来，看她的意思吧。”

听了妻子的话，我轻叹了一口气。

我不想再说这事儿，默默地枕着菊花枕。暗香充盈着我的脑际，化解了我一时的沮丧，使我不忍睡去，生怕睡了以后闻不到那股香气了。在某一瞬间我好像走进了森林，那种纯净的自然气息洗涤了我的心脾，细致的母爱温暖了全身。母亲那灰白的头发、粗糙的双手、苍老的身影，还有她望着我时那慈爱、有神的目光顿时映上心头，不知不觉间泪水已打湿了菊花枕。

白大妈和黑乌鸦

○郑胜玲

乌鸦一家住在白大妈家的槐树上，白大妈住在乡村的土墙小院里。乌鸦一家五口：两只老乌鸦和三只小乌鸦。白大妈一家也是五口：儿子儿媳和孙子孙女。

乌鸦是从城市迁移到这里的，城市里空气不好。乌鸦没在乡村待过，不知道乡村的规矩，按说它这种鸟是不能在人的家里安家的。乌鸦不知道这些，只管看中了白大妈家这棵浓荫匝地的大槐树。

可白大妈不愿意了，住上一窝子喜鹊什么的她倒欢喜，住些乌鸦，说破天也不行。当初她见有两只鸟不声不响地在这儿搭窝，也没很在意。窝建成了，乌鸦一高兴就"嘎——"地唱了一句，白大妈这才知道是一窝黑老鸹。

白大妈找来一根长竹竿，可她这时发现老乌鸦孵出了一窝小乌鸦，一时动了恻隐之心。白大妈对着树上吼："孩子长大，必须走！"小猫花妮这时也发现了小乌鸦，两眼直直地盯着树上。白大妈刚一转身，花妮"嗖"的一下就蹿上了槐树，惊得小乌鸦一阵乱叫。白大妈赶下了花妮，用根绳将它拴到了一棵小椿树上。

小乌鸦开始试飞了，兄妹三个在枝杈间嬉戏打闹。这时，白大妈就会气急败坏地跑过来，大吼："快闭上你们的乌鸦嘴，快撵你们走了！"往往这时，老乌鸦总是很郁闷，不明白她的孙子孙女为何能在院子里打打闹闹，而自己的孩子却不能。

白大妈的孙子在槐树底下朗读课文："……狐狸又对乌鸦说：'乌鸦先生，听说你的歌喉很动听啊，唱支歌给我们听好吗?'"老乌鸦听到了，又一次羞得无地自容。它的前辈太老实了，怎会看出狐狸的虚伪？但人类不能不厚道啊，不但不谴责狡猾的狐狸，还对诚实的乌鸦进行没完没了的嘲讽，真是没有天理。

晚霞只剩最后一抹红时，白大妈的儿子儿媳从农田里收工回来了。媳妇还抱回三个大南瓜。一家人开始吃晚饭：南瓜粥、烙饼、韭菜炒鸡蛋，还有腌蒜薹。乌鸦一家已经吃过了晚饭，挤在一起看白大妈一家吃饭。

秋天到了，玉米丰收了，白大妈家的院子里堆满了金灿灿的玉米棒，白大妈就坐在"金山"上剥玉米。她自言自语地说："等忙完这一阵儿，说啥你们也得走!"说时瞄了一眼槐树。她发现前几天还很娇弱的三只小鸟，如今已羽翼丰满了，正在繁忙地出入窝巢，老乌鸦倒是安闲地待在窝里不动。白大妈心里猛地一颤，只听说过乌鸦会反哺，难道这就是乌鸦在反哺？白大妈发了一会儿呆，又轻轻地叹了一口气。

有人来白大妈家串门子，看到槐树上有鸟热热闹闹地飞来飞去，就问白大妈是什么鸟。白大妈头也不抬地说："一窝黑喜鹊!"

高山流水

○田双伶

千古的高山流水，可有千古的知音?

钟子期亡后，俞伯牙一直沉浸在无尽的悲痛中，每看到那张摔碎的琴就想掉泪。他朝夫人韩娥拂拂手说，烧了它，烧了它吧。

韩娥抚着断裂的桐板和琴弦，长叹一声说：唉，琴在，你和子期的情谊仍在，留下它总是个念想。

而此时伯牙和子期高山流水遇知音的事情已在市井坊间流传开来，一时兴起一阵音律之风，那些文人雅士纷纷习琴会友，并有很多人去拜访伯牙。伯牙起先闭门谢客，但还是阻止不了有客来访，于是在山里修建了一处茅屋庭院，并在和子期相遇的那片青石台上，建了一个亭子，日日独酌，饮醉而归。

这天是子期的祭日，伯牙来到亭子里，摆上祭品，将碎琴取出囊来，盘膝坐下，抚琴而哭："子期子期兮，你我千金义，历尽天涯无足语，此曲终兮不复弹，三尺瑶琴为君死!"然后点燃了，眼睁睁地看着淡蓝色的火苗在碎裂的琴板上冉冉起舞，腾出的一缕缕青烟随风飘散在蓊蓊郁郁的山林，风起林动，时而似高山巍然而立，时而如波涛奔涌而来。伯牙耳边仿佛萦绕着高山流水的音韵，琴声依旧，而子期却不在了，泪水不禁扑簌簌地落下来。

当他正要把《高山流水》的琴谱放到火里焚烧时，韩娥急步走过来，从他手里夺下，看他神色凄然，忙柔声劝慰：你这是何苦呢？天下之大，总会觅到知音的。我听说山下泾水河畔，有琴友的琴会，你可到外面广结琴友……

不！高山流水只有我能奏，子期能懂。市井之中，粗野之人，哪会有我的知音啊？知音不再，我还留这琴谱有什么用啊！伯牙仰头长叹。

韩娥说，子期不是一介樵夫吗？既然是好曲，你就该弹给更多的人听，而你日日独处，谁懂得《高山流水》的音律，又有谁能成为你的知音呢？

还是有人知道了伯牙的住处。一天，一位老先生抱着一张琴前来拜访。琴用墨绿绸布遮覆着，不沾一尘。那人将琴放到案上，揭开绿绸，古琴莹莹有光，琴头坠有一块玉佩。韩娥走近，轻轻一拨，琴声清润至透，犹如珠落玉盘——好琴！

那人说，我钦佩先生的琴技和人品，琴是特意赠与先生的。但我有一事相求，先生能否将《高山流水》的乐谱传授与我？

一听是琴谱，伯牙顿时冷颜以对。韩娥接过琴来，说，既然是美意，就留下来吧。

琴留下了，韩娥将琴谱藏在琴匣里，放置在案上。伯牙却从不染指，依然日日在亭间独饮，长吁短叹，抱醉而归，不知山外日月。

一天，韩娥去采野菜回来，只见书案上有书信一封，她展开一看，是伯牙写的：摔碎瑶琴凤尾寒，子期不在对谁弹！春风满面皆朋友，欲觅知音难上难。我下山云游访友，勿念。

伯牙的不辞而别，韩娥不免心生怨恨，看到角落放置的那张琴，怆然神伤，却又为他与子期的情谊感动。其实她也懂得音律，在闺中时，父亲就教她弹琴，后遇见伯牙，见他人品琴艺俱佳，就结了良缘。只是婚后与伯牙相处，日日举案齐眉，绕身于灶台庭院，荒了琴技。唉，可惜了这张好琴。她坐下来，轻轻抚动琴弦，丝弦微微颤动，霎时琴声渺渺，萦绕山间丛林。隐隐听得山林沙沙而动，似在回应。韩娥想着，终有一天伯牙会重返家中，如往日一样悠然操琴，奏出动听的《高山流水》。

一年的光阴缓缓悠悠地过去了。

伯牙从外地云游回到家乡，在街上走着，忽然听到一阵琴声从街旁一家庭院里传出，琴音穿云裂帛，天籁声中，似流水淌过。伯牙循声仔细聆听，不免惊诧：这分明是高山流水的曲调啊！

俞伯牙走进庭院，对弹琴的那个人说：先生，您刚才弹的曲子应是《高山流水》。只是弹到流瀑飞泻时，过于散漫，且音韵也有些粗略。不知是谁的曲谱？

那人躬身施礼：我乃乡野之人，不知音律，前不久在琴会上与人学了一点小技而已。谱子是一位琴友在知音亭旁听琴记谱，所以不是很准。亭中之人琴技颇高，你不妨去听听。

知音亭？

哦，你懂得音律，该会听过伯牙和子期"高山流水遇知音"的佳话吧？那知音亭就是伯牙先生修建，而今常闻有人在亭间奏琴，弹的就是《高山流水》。

伯牙一惊，转身往山上急奔而去。果真有琴声隐隐传来，如澄然秋潭，皎然寒月，令人心骨俱冷，体气欲仙。琴声诱引着他，他步履散乱，循声而去。

夕阳西下，待他跌跌撞撞地跑到亭子时，却见亭中空余一琴，而琴弦微颤。

难道是子期的魂灵来唤我？伯牙望着苍茫的山林呆立着。夫人韩娥不知什么时候走到他身后，惊喜地说，先生回来了，快快回家，我给你备些酒菜为你接风洗尘。先生出门一载，可遇到知音了吗？

伯牙长叹了一声，摇了摇头，凄然一笑。

次日清晨，伯牙还未从睡梦中醒来，却听到一阵阵琴声传入耳膜，时而玉拨金鸣，如大江东去，万马奔腾；时而灵动婉约，如小桥流水，燕过柳梢……

他急急地披衣而起，朝着亭子奔去，流水已近尾声，却见端坐的人，十指勾摇剔弄，推揉按颤，临缓则将缓而多韵，处急则犹运急而不乖，悠然自得。一曲奏罢，琴声不绝于耳，而琴静留如岸。

伯牙望着眼前熟悉而消瘦的身影，突然涕泪横流，失声痛哭起来。那人，竟然是自己的夫人韩娥！这么多年来，未见过她奏琴，却不知她的琴艺竟是如此之高！

良久，韩娥说：天下之大，《高山流水》并非你一人能奏，也非子期一人能懂。不是知音难觅，是你自己不去寻找罢了。

伯牙拭泪慨叹：所谓知音，音需为人知，知者需懂音，存于心灵互映之间啊！遂将《高山流水》的琴谱散赠琴友，从此，《高山流水》得以流传。

到村庄寻找一个人

〇王新华

过年回家，我一眼看到家门口那根平躺着的弯枣树，想到了一个人。

我问："杜老大呢?"

好像没有一个人听见。

又问："杜老大呢?"

这一下，好几个人都听到了。杜老大？他们用手一指：在北坡里呢！他们说的北坡，就是村子北面的地块。我也想到地里走一走。我整一年没见杜老大了，我现在就去找他。

我走到村口又折回来了。我觉得这样甩着两只手像是一个急着赶路的人，说不定我还真的在不觉中又走远了。我才从那么远的地方赶回来，还往哪里去呢？我把父亲的粪箕子背上了。粪箕子里还放了一把小铁铲儿，见到猪粪、牛粪就用它一扒拉。有了这套东西就好了，怎么转悠也转不出一个村庄的地界。走了几步还是觉得不对劲儿。我有好多年没有背粪箕子了。我经常背着它满村子转是十来岁的时候，大人逼着，他们说一泡粪就是一个馍。在村庄里，粪箕子是属于小孩和老人的。杜老大这会儿说不定就背着这东西。他比我父亲还要大好几岁。我背着这个东西跟他见面，就是没大没小了。我丢下粪箕子，拎了一把铁锨。铁锨的把儿很长，我拿在手里像一个壮士操着一把兵器。我带上它也是用得着的，碰到田鼠洞我可以挖几下子，看看它这个冬天储存了多少大豆或者花生。遇到一道沟壕，铁锨一支我就跃过去了。

冬天的北坡里一眼能看几里远。这儿哪里有一个背粪箕子的人呢？杜老大家里这些年一直养着几只山羊，他是不是赶着羊躲到最北面的乌龙港的坎子里去了呢？我到那里找一找。

乌龙港里，一个人影都没有。乌龙港已经干了。乌龙港是淮河北侧的一条支流，过去南北迁徙的大雁经常在这里歇脚。我们在里面洗澡，有时能踩到几斤重的王八……田螺、河蚌一摸就是一筐。没有人吃它，都给产崽的母猪下奶。可是，现在乌龙港已经干了。当年的那些东西都哪里去了？我到哪里去找它们呢？

杜老大会不会赶着羊像当年这港里的一条鱼游窜到了那里呢？等到了那地方，我也没有看见杜老大的影子。又找到那个土窝子，窝子里也没有。我也想在这个地方待一会儿。蜷躺在里面，暖和得很。这个窝子是好几年前一棵老楝树被一场大风刮倒后留下的，杜老大放羊就在这里头待过。

我放心地躺下了。蜷着身子，像村庄上的一只大黑狗。我睡着了。冷风跳到坑里把我吹醒的时候，昏黄的太阳就要落地了。明天的这个时刻，除夕的爆竹也该响成一片了。

我赶紧爬起来，扛着铁锨往回走。杜老大哪在北坡里呀？那些人一起耍了我。杜老大这会儿可能就坐在那根弯枣树上，在跟我家里人说着那句话："七十岁够了，再活就惹人嫌了。"

我回到家门口，那根弯枣树上并没有人。我弯下身子把它摸了一遍，这上面好些日子没有人坐了。

父亲从院子里出来了。我问："大，杜老大呢？"

父亲用手指了一下，说："在……在……北坡里呢。"

我说："大，你……"

父亲说："你没看见北坡里有个还没长草的小土包吗？"

我问父亲："杜老大得的是啥病?"

父亲说："不知道。他头天晚上吃了三大碗豆面条，第二天叫他，就不醒了。"

奖 章

○刘金生

我在一所乡镇中学教书，担任一个班的班主任。班上有十几名住校生，都是些十五六岁的男孩子。开学不久，便出了件很棘手的事。

清早，我刚起床，有个叫希顺的学生，跑来说："老师，出事了，春生从家里捎来的一百元钱被人偷去了，他正在宿舍里哭呢。"

我一听吃了一惊，那时候，一百元钱对一个农民家庭来说，可是个不小的数目。我一进宿舍门，学生叽叽嘎嘎地吵成了一锅粥，非让我挨个儿翻，不能让大伙儿背黑锅。我当时作了难，假如在众目睽睽之下找出了那个人，他便成了贼，书是不能念了，更毁了他一生。

我说："同学们，你们上自习去吧，我和春生再仔细找找，或许他放忘了地方。"

大家走了，我又问了问春生，他说钱放在棉衣口袋里，临睡前还摸过。捎钱的事他只对希顺说过。他的床位又跟希顺挨着，我想，这事希顺的嫌疑最大。

上午我没课，便骑车去了希顺家。正好希顺妈一人在家，听说我是老师吃了一惊，忙问孩子闯了什么祸。我笑了笑说没事，只是来了解一下学生在家里的情况。她这才放了心说，希顺在家是老大，很听话，回来常帮大人干些活儿，照顾弟弟妹妹。昨天返校时，要钱买饭票，正好家里没钱，便哭着走了。

我一回到学校，立刻去找管伙食的卢主任，问他我班上是不是有个学生用大票来买饭票。他想了想说，是有个光头的孩子，长得很机灵，用一百元钱买了十元钱的饭票。这下我心里有了底，我把希顺叫到我屋里问他：

“你从家里回来，你妈妈给了你多少钱？”

“给了我十块钱，我都买成饭票了。”

“不对，我去过你家了，你妈没给你钱。”

他的脸立刻红了，低下头，头上开始冒汗。我说：“你不用怕，有什么事对老师说。一个人因一念之差，常会做出错事，何况你还是个孩子呀。”

他抹着眼泪说：“老师，我错了，春生的钱是我拿的，我已经花了十块买了饭票。”说着，他从口袋里把饭票掏出来，又从棉鞋里掏出剩下的钱，全放在桌子上。我抓起那些饭票，塞进他的口袋说：

“这些饭票你拿去用吧，就当老师给你买的。至于春生那边的事，由我去办。今天这事要成为你我之间一个永久的秘密，我不会告诉第三个人。你去吧。”

他深深地向我鞠了个躬，离开了屋子。

后来，希顺考上了警校，成了一名很出色的警察。他把第一次获得的立功奖章，寄给了我。至今我还珍藏着。

老薛的折腾

○王　燕

老薛年轻的时候很穷，估计穷到没有女人愿意嫁给他，否则以他一米八的身高，加上一双笑眯眯的眼睛，老薛不会一直找不到老婆。后来大龄老薛终于娶了，客观讲女方还真不算难看，只是小儿麻痹症留下的腿疾让女方无比坚强，定要嫁个健全人即是这坚强意志的体现之一。料老薛心中多少还是有些遗憾的，不然女方不会向我抱怨说老薛看不起她，例证是结婚20年，老薛唯一一次和她并肩走在一起就是结婚回老家，还是因为没赶上车。但老婆勤劳朴实，能吃苦会省钱，虽然走路不好看，但不影响老薛实现老婆孩子热炕头的平凡梦想。两口子开了一个小店，起早贪黑，老薛进货，老婆守店，日子就越过越好了。

故事若是就这样顺顺当当地发展下去，老薛当然就不会来上《寻情记》了。实际上，委托我们的是老薛的儿子，儿子带着老妈一起来电视台，是因为老薛不见了。半个月前，老薛开着车，拿着存款，离家出走了。

找到了老薛，我们安排他坐在演播厅，先看我和他老婆、儿子的聊天。他老婆、儿子的唯一目的就是希望他回家。说到动情处，老薛看得把持不住了，哭得泪水涟涟。我心想调解的火候到了，于是把老薛请上来。

谁知，一秒钟之前还泪流满面的老薛突然间神色自若，向我伸出三个指头，依次掰着说："她作为一个母亲，非常优秀；作为一个媳妇儿，一塌糊涂；作为一个妻子，一言难尽。”这篇说辞以老薛的“这个外人眼里的幸福家庭实际冰冷冰冷，那个外人眼里的贤惠妻子其实坚硬如铁”为结语。看得出来，这是老薛准备好的，而且也是他来上节目的最主要的目的，为自已辩解一下，免得观众把他骂成陈世美。

说辞结束，两口子马上就一系列的家庭琐事争吵起来。看得出来，老薛老婆是个很要强的女人，的确不太温柔，但对老公、儿子忠心耿耿，一心扑在这个家里。那么老薛呢？都守了20年了，何以一朝就忍不住了呢？老薛的一句话泄露了他的秘密——再过几年就60岁了，身体不行了，不能挣钱了，就是想折腾也折腾不了了。

“你的意思是说这是你这辈子最后一次折腾的机会了？”

“当然。”

“可是折腾都是有风险的啊，你这样折腾也未见得晚景就会好啊！”

“那我也觉得值了。”

“你就不怕晚景凄凉吗？”

“晚景凄凉的可能性是80%。”

“那你还折腾干吗？”

“我这辈子就这次机会了，再不离婚就没有机会了！”

“你不会后悔吗？”

“不后悔。我要去过我想要的生活，我要追求我想要的东西！……自私是有一点儿，但是我再不搞我就没机会了，我一世都会后悔。”

这就是一个已婚20年的男人离家出走的全部原因，为了生命中最后一次可以折腾的机会。我该怎么说呢？反正，我就知道从此这世上肯定多了一个怎么也想不通的怨妇和一个与父亲关系紧张的儿子，而老薛的折腾到底是会得到想要的幸福还是凄凉的晚景呢？

爱情密码

〇马轶峰

提起高干事，在支队机关可算是小有名气。小伙子人长得帅，工作能力强，又写一手漂亮文章。可快奔而立之年了，还是一个单身汉。

一天，高干事坐火车回家探亲。他正躺在下铺看《解放军文艺》，突然，上铺掉下来一个苹果，幸亏有那本杂志的防护，不然就砸中了他的头。

这时，从上铺探出了一张文静、清秀的脸庞，连声说："真是对不起，解放军同志，我不是故意的……"女青年真诚的道歉使他只好显示绅士风度。高干事说："好啊，既然你要送我苹果，那我就不客气了。"说着，做出张嘴便咬的动作，这一举动令女青年忍俊不禁。

女青年发现了他看的杂志，说："你吃了我的苹果，得把你的杂志给我看一下。"高干事把杂志给了她。

女青年看杂志时突然叫起来："你叫高文？这篇文章是你写的吧？"

怪啊，她怎么知道？高干事这一次真是吃惊不小。

"哈，奇怪是不？刚才你的帽子掉在地上，上面写有你的名字。"

"噢，你真厉害，我怎么称呼你呢？"

"我叫梅雪。"好美的名字，高干事马上想到"踏雪寻梅"这个成语，并脱口吟出两句诗："梅须逊雪三分白，雪却输梅一段香。"女青年一听高兴地说："你的文采真棒，我得向你好好学习呢。"说完便自报了家门，原来她是复旦大学中文系的在读研究生。

以一个苹果和一本杂志为媒，两人逐渐熟悉起来。有了共同的话题，聊起来就显得非常投机，从文学到艺术，从理想到人生，从校园生活到部队生活。那真是一次愉快的旅行。

大半年的书信往来之后，两人也由最初的投机转变为一种默契，信的内容也多了一些只可意会不可言传的文字。在战友们的一再“教唆”下，高干事终于鼓足勇气，给她发出了这样一封信：“我不富有，但有满腔的激情；我的收入不多，但从事的职业很崇高；我不能给你名车豪宅，但能给你一生的幸福与快乐。你愿意做我的妻子吗？”

信发出以后，便是紧张而又焦虑的等待。不久，高干事收到了梅雪的回信，打开一看，只有4行大写的英文字母。

高干事看那些字母，发现英文不是英文，汉语拼音又拼不出来，百思不得其解：她葫芦里卖的什么药？高干事把信翻来覆去地仔细琢磨，突然灵机一动，是不是汉字五笔输入法的编码？他连忙打开电脑，转换至五笔状态，随着那些字母的键入，屏幕上出现了如下文字：

我自痴心花自怜/爱到深处于无声/高山流水阳春雪/文中有歌与尔听

哇，太棒了，这是一首藏头诗，每句诗的第一个字连起来，就是“我爱高文”。这既表露了她的心迹，又回答了他的问题。高干事并没有被幸福冲昏头脑，他想，来而不往非礼也，我也要用一种什么密码给梅雪写一封信，让她琢磨几天。

初恋，不懂爱情

○聂虹影

那年她刚刚十八岁，却懂得了孤独和渴望。

于是她恋爱了。

他是她的同学，是个比她还小的男孩。

那时她并没有要和他建一个家的概念，只是对成人的恋爱充满好奇，只是想要一种东西填补孤独，只是想在亲情友情之外寻找另一种感觉。

也曾把对他的好感秘密写入日记，也曾悄悄地在书中夹过条子，也曾一起结伴去郊游……但这些都是浅浅淡淡的，没有一种责任感，也没有对将来实际生活的勾画。不能说他们不真心，也不能说他们不纯情，但似乎这些都远离责任，因为婚姻实在于他们太遥远太遥远。

后来她参军了，他考上了大学，见面的机会少了，信却还是通的。他们慢慢长大了，她已不再是那个对恋爱心存好奇的小女孩，知识和阅历使她愈来愈深切地感到彼此间的差异和一些观点的根本分歧。她斩断了这份情思，他显出痛不欲生的样子，这使她在不动摇的同时又感到很恐惧，害怕他真的会痛不欲生。而实际上什么也没有发生。

后来，往来就中断了。

几年过去了，偶尔在街头碰面，竟能如好朋友般打着招呼，彼此都那么坦然，好像什么都不曾有过。她暗自惊诧，见到他时心中怎么连一丝涟漪都激不起来？

后来他带着女朋友到她家里来玩。那是个漂亮的女孩，看着他们亲密的样子，她为自己当初的恐惧感到惭愧，觉得高估了自己的价值。她想：其实在这个世界上没有谁离了谁活不下去的情况，也许换了角度去生活和思索会更好些。

她的丈夫面对来访者，显出前所未有的热情，始终忙忙碌碌地招待着，竭力表现出自己的旷达，一副君子的模样。

客人走了，他却又开始"泛酸"。

"喂，当初你怎么不找他?"

她笑着打趣道："如果找他，这屋里的男主人能是你吗?"

初恋，不懂爱情，大家不都一样吗?

最后一次任务

〇武宁宇

1953年的某一天，在朝鲜中部发生了一件举世瞩目的事情，那就是正在交战中的朝鲜军队与联合国军队经过三年的打打谈谈，终于签订了《朝鲜停战协定》。

由于停战协定中有"签订"后12小时正式生效的条款，在签字后的12小时内，联合国军为了显示自己火力的强大，另外也省得往回搬运弹药，将所有的炮弹向对方阵地倾泻，整个前线炮声撼天动地，震耳欲聋。

还有半个小时就要停战了。这时，一名中国志愿军的小战士奉命往前沿阵地送一份命令。小战士像灵巧的猎豹一样往前沿阵地奔跑着，不时从这个弹坑跳到另一个弹坑里，躲避着炮弹。

小战士边跑边想，今天的炮火不知为什么变得异常猛烈，通往前沿几百米的这片开阔土地上，被炮火打得没有一块完整的地方。

突然，一颗炮弹在身边爆炸，掀开的泥土将小战士埋在一个弹坑里。被炮弹震晕的小战士很快苏醒过来，他掀开身上的泥土，活动了一下手脚，没有受伤，又摸了下前胸，那张命令还在，小战士想：在弹坑里躲避炮弹相对是安全的，因为老战士曾告诉他，一门炮朝一个地方打，先前的弹坑一般不会被这门炮后来发射的炮弹击中，炮弹是有散布率的。小战士不怕死，打了三年仗，险象环生的场面经历了几次，都侥幸活了下来。小战士也不想死，马上就要停战了，这时候被打死，真是太不值了。

小战士想，估摸着还有几分钟就要停战了，现在离前沿阵地只有几十米了，在弹坑里躲一会儿是安全的，等停战时间到后，不打炮了，把命令送上去，只晚了一二分钟，虽然会挨批评，但总比牺牲性命或负伤强多了。

弹坑里的小战士无意间碰到胸前的三等功勋章，这是他在三年的通信员的岗位上因为每次都按时完成了任务，营首长前一段刚给他记的一次功。小战士想：最后一次任务没有按时完成，在自己的战斗生涯中留下一个污点，多丢人哪！想到这里，小战士按时完成任务的决心坚定了。

小战士从弹坑里一跃而起，向只有几十米远的前沿阵地冲去，就在同时，一颗炮弹在小战士身边爆炸，小战士倒了下去……

这几乎是敌方发射的最后一颗炮弹，很快，停战时间到了，整个前线一片寂静，双方官兵一片欢呼，大家都从战壕中探出头来，几个美国兵溜达到中朝方的阵地上，拿出几粒糖果要送给志愿军战士做礼物……

几名战士将小战士抬到阵地上，连长从小战士胸前把那张命令掏了出来。

命令：今晚20时正式停战。届时不准射出一枪一炮！其实，同样的命令已于此前，电话通知前沿阵地了。

连长哽咽地说：“他这么年轻……就差几分钟……把他掩埋好，立上个牌子……”

小战士是这次朝鲜战争最后牺牲的烈士。

一封情书

○吴怀林

下午第二节课后，“调皮大王”李军交给我一封信，说是在教室门口捡到的。我打开信一看，原来是邻班的女生李灵写给我班郑智的一封情书，里面写了她自从与郑智约会后这几天对他的思念……郑智不仅人长得英俊，学习成绩也很好，又是班长，被同学们誉为“小帅哥儿”。怪不得他这段时间上课老走神儿，英语测试也不及格，原来是这样。

下节课是班会，我刚走到教室门口，就听到同学们在议论这件事。走进教室，我扫视了一下全班，见郑智一直低着头。我说，我先给大家念一封信：“……一天不见你，我就很想你，给你写了信，又盼你回信，身虽在教室，心却在你那儿。”我抬头一看，郑智的脸变得煞白。我接着说：“这是多年前一个15岁的初二女生写给一个16岁的初三男生的信，男生和女生都是学生会的干部，因经常一起组织活动彼此间有了好感，就常常通信，结果他们的早恋影响了学习。有一天，一封未开启过的信落到男孩班主任的手里，放学后班主任把男孩叫到自己的宿舍。男孩见老师摸出信，吓得脸都变色了。但老师却没事儿似的把信还给他，和蔼地让他坐下，然后拿起桌上一个熟透的桃子，递给他。吃完桃子，老师随手在纸上画了一棵桃树，桃树上结满了大大小小的青果实。老师说，这些青青的小毛桃虽然可爱，但是没有熟，没有熟的果实是不会甜的。而早恋呢，就像这些小毛桃……”

班上鸦雀无声，我继续说：

“后来那个男生在老师的启发下，醒悟过来，主动与那个女生终止了早恋，把精力都放在学习上。后来男孩读了高中，又考上了大学，再以后他有了情投意合的恋人并成了家，有了一个活泼可爱的儿子。现在这个做了父亲的人，就站在你们面前……”

几十双眼睛一下睁大了，不约而同发出了欢呼：“老师！”

“正是我，你们看，老师也是这么过来的。人的成长，如同种子入土、发芽、开花、结果，青春期的情感萌发，也是人成长的一个过程。所以我还要说，爱与被爱是人的一种权利，我们没有理由去嘲笑这最纯真的感情。但是我们要懂得，青涩的果子是不可以随随便便采摘的，而要等到成熟时品尝。它的甜美，往往可以滋养人一生。”

我发言完毕后，教室里掌声雷动……

同时我也看到郑智满脸的泪水……

知　音

〇刘学铭

去年八月中旬，我和老耿到南方招生，因在北京转飞机，停留了一天一夜。正值高温闷热天气，屋里屋外，热乎乎，湿漉漉，就像洗桑拿浴似的，闷得叫人透不过气来。

傍晚，东三环路旁袋状公园一角，响起了京胡声，一位男士正在唱《四郎探母》："……眼睁睁高堂母难得相见，要相逢除非是梦里团圆。"拖腔收尾，琴声止住，围观听众报以热烈掌声。我轻轻地推老耿一把，悄悄地说："去，来上两口，让北京人听听，咱东北佬儿也不含糊！"

老耿是长春市戏迷协会的积极分子，唱马派老生，嗓音洪亮，曾在省内票友大赛拿过金奖。这次和我来北京途中，哼哼了一路，并教我一段《借东风》。

老耿被我一劝，有些心动，清清嗓子，刚要上前，一位身穿月白色短袖汗衫黑色长裙的女士，轻摇着蒲扇飘然而至。她在琴师面前轻声说道："劳驾，来段南梆子！"

她的出现，败了老耿一显身手的好兴致，我心里也怏怏不快，小声嘟囔着："何方妖怪敢来撒野！"

"别这么说，咱们怕是遇见高人啦！"老耿小声说道，"你看她摇扇子的动作，还有她进场时走路的姿势，不含糊，有功底……"

那位女士刚唱了一句"看大王在帐中和衣卧稳"，周围便爆发出一片掌声。老耿叫了一声“好”，说道：“怎么样？正宗梅派，字正腔圆！”

我和老耿又换了一个角度，但因那女士站在浓重的树影里，怎么也看不清楚她的庐山真面目。她的一段《霸王别姬》，把在场的票友都镇住了，一时间竟没人敢登台献艺了。

在冷场的空当儿，我再一次催老耿“来两口”。老耿也不含糊，一段《坐宫》也获得满堂彩。尤其是那位女士闻听动容，也回报了一声“好”。老耿的爱人新逝，他还没有从丧妻的悲痛中走出来。猛然间，我灵机一动，想建议男女两位高手合唱一段，比如《武家坡》《坐宫》《桑园会》什么的。不料，天不作美，一阵雨前疾风扫过，枫树叶子就劈里啪啦响了起来。

在人们四散躲雨的时候，老耿却摆出“君子湿衣不乱步”的架势，一面缓步走着，一面哼着：“看大王在帐中……”他边品味着唱腔，边连声赞叹道：“好，好哇，够专业呀！”

在一根电柱的灯光下，我发现那位手执蒲扇白衣黑裙的女人正尾随着我们。我借人多混乱之机，颇为认真地看了她几眼。她，五十岁左右，面容清秀，眉宇间似含隐忧。由于人多拥挤，加以老耿正沉浸在“南梆子”的韵律中，他对身后那个女人毫不在意。

第二天中午，我们在宾馆接到一张条子，写道：“先生，昨晚有幸听到您的一段《坐宫》，很感动。感动我的原因，除了您艺术上造诣高深外，还有我说不清楚的原因，那恐怕是与您个人的境遇有关的因素吧（请原谅我冒昧的猜测）。总之，您给我的感觉是，您不是在用口唱，而是在用心唱；您不是在唱戏，您是在哭诉悲戚。我觉得您是真正的杨四郎，是因思念亲人难得见面而肝肠寸断的杨延辉！我说得对吗？如果晚上有时间的话，劳驾再到袋状公园一趟，咱们合唱一段《坐宫》，不知尊意如何？”条子的落款是：一个北京女戏迷。

“是她，肯定是她！”老耿梦呓般地喃喃自语，“知音哪！”

“咳，遗憾哪，咱们下午四点钟就该往南飞了!”我看着老耿那张霜打茄子似的脸，当即下了决心：“要不，咱们把票退了，改日再走!”

“别、别，票多不好买呀，为了一场戏，耽误了正事，那可不好!”

这天，在飞机上，老耿紧靠舷窗坐着，眼睛直勾勾地望着地面，轻声哼着：“杨延辉坐宫院自思自叹，我好比南来的雁失群飞散，我好比……”当唱到“要相逢除非是梦里团圆”时，他的眼睛湿润了。

我想，此时此刻，他头脑中一定盘旋着两个女人：一个是他刚刚过世的爱妻，一个是未来得及深交的女戏迷。这两个女人的双双离去并且无法相逢，在他心头一定留下了难以抹掉的遗憾和悲凄。

这时，我才觉得那位女士对他那段《坐宫》的品评，是何等精辟和准确呀!“知音难寻哪!”我想道，“那女人也可能有老耿那样的遭遇。不然的话，素昧平生，萍水相逢，何以有如此敏锐的眼光？又何以有如此坦诚的态度？这很耐人寻味呀!”

女囚身后的男人

○纪　萍

我有个习惯，每次提审女嫌疑犯都会先仔细端详她的面容，试图从其眼神、嘴角、眉间洞察她的家庭出身，她的文化程度，她的脾气个性，乃至她的秉性为人。

我习惯地打量起面前的这张脸。蓬乱微卷的长发遮住了大半个面庞，她把长发慢慢地掠到耳后，那优雅的手势倒像撩起一缕面纱；一颗绿豆大的美人痣镶嵌在她细白的脸颊上，清秀可人。她给我的第一感觉是一个有一定文化素养、极富女人味的小布尔乔亚。不可否认，我喜欢这样的女人。我与她的目光相撞，她正静静地端详着我。奇怪，这么一个娇小柔弱又身陷囹圄的女人，她的眼神却异常安详，竟然没有女囚常有的惊慌失措，她的神态那么从容，丝毫没有被囚禁的憔悴失落。

不容多想，我开始审问。她思路清晰，表达能力极强，不多时就把挪用公款的全部作案过程一五一十、简洁明了地交代清楚了。她在单位担任出纳期间，利用职务之便，先后五次将公款共计 25 万元挪用给亲戚经商。本想从中渔利，不料那亲戚根本不是经商的料，折腾了几个月，血本无归，无力偿还巨额公款。按当时我国刑法规定，挪用公款数额较大不退还以贪污罪论，就是说她将要以贪污罪被判处 10 年以上有期徒刑。

我还有一个习惯，审问完犯罪事实后总要留点儿时间与犯人聊聊天儿，以平视的眼光、平和的语气、平等的心态与她（他）们交流，没有明确的目的和意图，只是聊聊，只是习惯。她很坦率地与我聊起了女人的话题。

“我和丈夫是大学同学，毕业时他想方设法与我分配在一个单位，我在科室，他在车间。年轻时追我的人很多，说不清为什么嫁给了相貌平平的他。他做事做人都死板板的。十几年了，还在车间当技术员。我嫌他没用，升不了官，赚不到钱，更没情调，所以跟他讲话总是恶声恶气的。”她挪了挪被拦在审讯椅里娇小的身躯，继续说着她和他的故事。

“这次，我闯了这么大的祸，作了这么大的孽，害了他和女儿，可他半句责怪的话都没有，给我打点了衣被送我到检察院投案自首。临别时他说，家里有我，放心。他不善于交际，怕跟人打交道，可我进来刚一个星期，办案人员就告诉我，他四处奔走帮我退清了全部挪用款，这样我起码可少蹲五年监狱了。”她眼里放着光，一缕希望之光，是幸福之光。

“你现在想他吗？”我脱口而出。

她羞怯地笑了，几许神秘地放低声音说：“他经常来看我，我拘留至今75天，他来过25趟了。”我惊讶。法律规定，刑事犯罪嫌疑人在接受审查期间不得会见家属，他们怎么能这样频频见面呢？

“开始他来送些生活用品，管教会传话进来。后来他来的次数多了，没人传话进来了，但是我能感觉到他来了，感觉很准，不会错。”她从号衣口袋掏出一张折叠处已磨损了的纸片递给我，我小心翼翼地展开。上面记录着她的男人隔三差五来看守所的日期，来时是晴天还是雨天，整整25次。女人捧着这纸片熬过了75个日日夜夜。我生怕弄破，又小心翼翼地把纸片折叠好递还给她。

都说女人与男人之间有第六感觉，他们夫妇难道就是凭着这微妙而神秘的感觉，隔着几道墙相互“看”着吗？我带着疑惑走出审讯室，经过看守所门口，问了门卫老陈：“女监26号的丈夫经常来吗？”老陈说：“三天两头来。叫他别来了，来了看不见老婆，老婆也看不见他，大老远的来干吗？他说，她知道我来过就够了。我催他回去吧，他还总是那句话，再多陪陪她吧！来多了跟他聊聊，才知道他每天还得去医院照料岳父。唉，是个多好的男人！”我释然，所以她在接受我的审问时会有那么安详的眼神，会有那么从容的神态。

开庭那天，见到了她的丈夫，这个极普通的男人更让我惊讶了：他竟然带着他们13岁的女儿来旁听审判。一般情况下，大人们总是编造着善意的谎言瞒着孩子，以免父母的罪过在孩子稚嫩洁净的心灵留下阴影。他与女儿坐在前排，一只手臂拥着女儿的肩，另一只大手把女儿柔弱的小手紧握在掌心，他在倾注热量传授坚强。

不是吗？窗户纸早晚有被捅破的那一天，不如趁早正视伤口，让孩子与父母同舟共济经历家庭的不幸，品尝人生的苦涩，一家人手拉手奋力游向光明的彼岸。这样的不幸、苦涩将是孩子一生的财富。

审判长洪亮的嗓音打断了我的思绪：“下面请公诉人宣读起诉书。”不知为什么，我一改往日的威严，用极其平和委婉的语调宣读完起诉书。是因为女人，或是因为女人身后的男人，还是因为他们的女儿？几种因素都有吧。法庭调查很顺利，中途休庭时，经合议庭许可，一家三口坐到一起。他们窃窃私语，女儿塞了一瓣橘子在妈妈的嘴里，丈夫为妻子捋着凌乱的长发，没有眼泪，没有叹息，更没有沮丧。两个星期后，像母亲一样清秀、拥有着坚韧的父爱的女儿走进了中考考场。在女人被宣判的那天，喜获女儿被重点高中录取的佳讯。

覆舟唇男子

○李　珂

冬娜在她最懵懂、单纯的少女时代，正赶上一部风靡整个亚洲的电视剧——《东京爱情故事》热播。每天晚上，冬娜和妈妈吃完饭就早早坐在电视机前等待着，那时的冬娜还太小，还看不懂里面的悲欢离合。可是她却不可救药地喜欢上了剧中的男主角完治。

在学校，冬娜与一群女生在谈论完治和莉香。

"你们知道完治最迷人的地方是哪儿吗？"冬娜专注地欣赏着一张《东京爱情故事》的明信片。

"他是最完美的，反倒找不出最特别的地方了。"小女孩们答不上来。

"是他的嘴唇，像水面上翻倒的小舟。他笑的时候，嘴角微微地朝下弯，好迷人哦！"冬娜托着腮一脸陶醉。

"傻丫头，那叫覆舟唇！"好友替她纠正。

"以后我非覆舟唇男子不嫁！"冬娜暗暗发誓。

日子一年年过去，冬娜渐渐出落成一个标致的大姑娘。从前的布娃娃、橡皮筋都已经被遗弃，可对覆舟唇男子的爱恋却伴着她一天天成长。

读大学的时候，冬娜的身边充斥着许多英俊优秀的男生，可没有一个让她动心的。她的宿舍里贴满了完治的饰演者织田裕二的海报，覆舟唇男子已经成为她的一个美丽情结，她甘愿一生都活在这个梦里。在冬娜的追求者中有一个叫徐宽的大男孩，他有着睿智的头脑和执著的信念，当其他人纷纷落败的时候，他仍继续去约冬娜。

在学校外的咖啡馆里，徐宽送了一套电视剧的 DVD 给冬娜。“为什么会送我这个，而不是一起看电影？”冬娜不以为然地搅拌着杯里的咖啡。

“这部韩剧的男主角是柳时元，也是个英俊的覆舟唇男子。你看了电视剧就会喜欢他的。”徐宽笑得很温柔。“你——你不吃醋吗？”冬娜很惊愕。

“不会的，你有固执的恋物情结，这也正是你与众不同的地方。”

那部电视剧是徐宽陪着冬娜看完的，那个有着覆舟唇的韩国男子成为了两人共同的话题。徐宽渐渐走进了冬娜的心。

“能告诉我你为什么这样迷恋覆舟唇的男子吗？”徐宽问得很诚恳。

“也许他们在我心中已经成为了一种象征，温柔、体贴、浪漫、专情的象征。其实我也不知道我到底要的是什么，我真的能嫁给一个覆舟唇男子吗？”冬娜的眼神很迷茫。

毕业后，冬娜进入了本市一家不错的公司上班，徐宽却去了外地。冬娜不乏追求者，旁观者都认为徐宽这次没戏了。但冬娜和徐宽的感情却越来越好，每个周末，冬娜都赶去徐宽的城市。

两年后，徐宽认为时机成熟了，他郑重地向冬娜求婚。面对闪烁的钻戒，冬娜慌了神，坚决不答应。“徐宽，你什么都好，可惜不是覆舟唇。你要是覆舟唇我一定嫁给你。”

徐宽遭受打击后，头也不回地离开了。那一刻，冬娜感觉茫然失措。

第二天，冬娜刚上班，手机就响了，是徐宽打来的：“冬娜，我现在在一家整容医院，马上就要进手术室了。我想对你说，我爱你！”

“你怎么了？做什么手术啊？”冬娜快被吓哭了。

“你不是喜欢覆舟唇吗？我已经和医生讲好了，他为我整容成覆舟唇。如果手术失败了，我将不再见你。”

“不要！不要做手术！我爱你，不管你是不是覆舟唇。我们结婚吧！”

冬娜失声大喊，震惊整个公司。

“你等我，不要进手术室，我马上过来，我们今天就去登记。”冬娜用肩膀夹着电话，腾出手来翻证件。

挂断电话，徐宽躺在家中的沙发上，笑得喘不过气来。他很庆幸自己不是覆舟唇，覆舟唇男子只是冬娜心中一个虚幻的梦想。

结婚后，家里依旧贴满了覆舟唇明星的海报，徐宽还特地请假陪冬娜飞到上海去看周杰伦的演唱会。站在灯光灿烂的体育馆里，望着周杰伦撇着覆舟唇酷酷的表情，已为人妇即将为人母的冬娜仍忍不住大声尖叫。徐宽没有一点儿吃醋的样子，他温柔地揽着妻子，陪她一起欣赏覆舟唇男子独特的魅力。

当周杰伦走到舞台边朝冬娜他们挥手，抿着嘴唇微笑时，冬娜激动得热泪盈眶，她转身紧紧抱住徐宽，一边哭一边用拳头敲徐宽的肩膀：“老公，你要是覆舟唇多好哇！”

那一刻，徐宽觉得自己正被幸福重重包围，他相信一个有着固执恋物情结的女人，对爱情、婚姻也会一样执著。

肩 膀

○李世民

老范和小丁，是一对搭档，两个人干起活来一唱一和，像一对父子。老范虽老，却是一个大头兵，小丁虽小，已经是重案中队的中队长。

刑警队的人，爱比肩膀，比来比去，都比不过老范的肩膀。有人说，老范的肩膀宽，可以在上面擀面条。有人说，老范的肩膀硬，可以在上面过卡车。擀面条和过卡车大家都没见过，可是大家都知道，小丁的中队长，是老范的肩膀扛起来的。

那是去年冬天的一个夜晚，西北风呼呼地吹着哨子，老范和小丁奉命去执行一项任务。老范和小丁要去的地方，是城郊的一片临时居民区，老范和小丁要干的活，也不是多么的重要和艰巨，就是去那片居民区里抓捕一个盗窃摩托车的犯罪嫌疑人。

前面就是那片居民区了，这里根本就没有路灯，黑咕隆咚的，老范的手电筒不知是老化了，还是电量太足，灯闪了一下，就坏了，小丁的手机，凑巧没电了。老范说，原打算在家逗孙子玩耍的，没想到今天这么倒霉。小丁说，本来该搂着老婆钻被窝的，唉，今天绝对是个黑色的日子。两个人一边轻声地嘟囔着，一边手扯着手，深一脚浅一脚地向里面摸去。

值得庆幸的是，两个人没走多少的弯路，就找到了门前有块大石板的人家，老范仔细看了一下，大石板掉了一个角，果然就是这里。

小丁把眼睛贴在门缝跟前，朝院子里瞅，老范侧着耳朵，听里面的动静。小丁看出了门道，老范也听出了门道，院子里，是三名贩毒的团伙成员，正准备从后门往外转移毒品。小丁对老范说，今天遇见了大鱼。老范也对小丁说，瞎猫逮住了死老鼠。小丁说，老范，干不？老范说，干，你翻墙入院，先缠住他们，我去附近的派出所调人。小丁说，还是你过去吧。老范说，我没枪。小丁说，我也没枪。老范说，你腰里的那东西，不是枪？小丁说，我腰里的东西给你，行不？老范说，我是老范，你是小丁，听我的！

说话间，老范就蹲下了身子，小丁脱掉皮鞋，踩到老范宽阔而温热的肩膀上，跃到了院子里。等老范带着派出所的人赶过来的时候，小丁正举着手机，看守着乖乖蹲在地上的三个人。

那一回，刑警队打掉了一个特大贩毒团伙，小丁因为立了大功，被任命为重案中队的中队长。

以后，小丁常常回忆起那回老范宽阔而温热的肩膀，他觉得，老范的肩膀，很像父亲的肩膀。

今年春天，城里又发生一起大案，一个富老板的儿子，被持枪歹徒绑架了，经过侦查，歹徒把孩子藏匿在靠着城里的大山里。刑警队的人，都撒到了山里面，搜索歹徒和孩子的踪迹。

那一天，小丁带着老范，也来到了山上。天晴得透亮，夜里刚下了一场雨，山上的青石被冲刷得干干净净，树木和野花飘散着清新的味道。老范望着远处说，别看离这么近，来山里的机会还真不多，要是带着孙子来山里遛一遛，多美好啊。小丁张开双臂说，如果破了案，下个星期天，一定带着老婆孩子到这里来玩，那才叫幸福呢。

走了一条山谷，又走了一条山谷，越过了一道山梁，又越过了一道山梁，小丁觉得，腿有些酸了，老范觉得，身子骨有点软了。小丁和老范，就拣了一片干净的石头，坐下来歇一阵。

小丁刚坐到石头上，就像针扎似的跳了起来，他发现，底下的山沟里，有一摊水，准确地说，是一摊新鲜的人尿，这说明，山沟里有人！

山沟很陡，有一人多深，小丁和老范一拍手，都从山梁上跳了下去。刚拐了一个弯，小丁和老范就看见山沟里面的草，有被人踩过的痕迹，这时候，小丁和老范听见，不远处传来脚步声。

小丁对老范说，他们是两个人，我来对付，你快上到山梁上，去联系咱们的人。老范说，你去，我留下来。小丁说，我有枪，你没有枪。老范说，把你的枪给我。小丁说，我是队长，我说了算。

说完，小丁就蹲在地上，老范踩在小丁颤颤悠悠的肩膀上，翻上了山梁。等老范和其他刑警赶来的时候，山沟里躺着三个人，身上还汩汩地流着血，两个歹徒被击毙了，小丁也牺牲了。不远处的山洞里，人质安然无恙。

现在，老范常常回忆起那回小丁颤颤悠悠的肩膀，他觉得，小丁的肩膀，很像儿子的肩膀。

报恩的豺

○陈　毓

老猎人是在一丛摇曳的山苇后发现那只豺的。当时夕阳正要落山，一抹余晖凝在山苇上，把山苇花染得异常烂漫。这烂漫留住了老猎人的目光。可立即地，凭他几十年做猎人的敏感，他发现了草丛后的异样。

山苇丛中有一只豺。豺受了重创，旧的血凝成了黑色，新的血汩汩地从伤口涌出。

老猎人在看清豺的一瞬间脑子里喧腾出一幅画卷：一群豺在追逐一只壮硕的野猪。野猪其实已在豺的包围圈里了，也就是说，野猪早已是豺的掌中之物，可豺并不立即捕杀野猪，尽快结束这种包抄与围剿，仿佛这种追逐格外地能叫它们感到快乐。

如果站在高处，你会看到这样一幅画面：仿佛前面的豺在引领着野猪跑，而后面的豺在驱赶着野猪跑——让捕食变成游戏。

游戏会在野猪精疲力竭訇然倒地时戛然而止。快乐的豺奔拥而上。只是老猎人的一个眨眼，野猪已全部填进豺们的胃，连一滴血也不剩。

当这幅喧腾的画卷在老猎人的心里尘埃落定的时候，老猎人望了那只受伤的豺一眼，转身向山下走去。

豺也早已看见了猎人，看见猎人的时候，豺因流血过度而黯然的眼睛又暗了一分。

太阳忽的落下山去了，一阵风来，那丛山苇摇曳出几分凄凉。猎人就在这时又回来了。

猎人的归来让豺禁不住战栗起来，豺用绝望的眼神看着猎人。猎人在豺的战栗中撕下自己夹袄的一角，勒紧豺的伤口，把豺扛在肩上。下山。回家。

山里的冬天到来得格外早。当第一场雪落在山坳里的时候，康复了的豺走出猎人简陋的屋舍。豺在雪地上小心翼翼地跳了一下，又跳了一下。豺在第三次跳起的时候回望了一眼老猎人的屋子，豺看见一点火光在幽暗处倏地一闪，豺知道那是猎人的烟头。豺瞬间就消失在林莽里了。

雪在豺留下的蹄花里接踵而至。

老猎人在第二天开门的时候费了些周折，门被昨夜的雪封堵住了。

老猎人在奋力拉开大门的时候吃了一惊，猎人倒退了一大步，猎人看见了豺，那只他救过的豺。

豺蹲在一大群豺的前面，见门开了，那只豺呼喝了一声，众豺接着大呼，呼喝声穿越林莽，如山崩海啸一般，惊得猎人差点坐在地上。又是一声呼喝。最后在一声更为高昂的呼声后，那群豺旋即消失，只把寂静留在猎人的门前。直到这个时候，猎人才看见面前小山也似的一只野猪——当然是死的了。

同样情景接下来一再发生。

小山也似的野猪如今堆满了猎人的屋后，猎人不知道该怎样处置那些野猪，他为难极了。他很怕那些野猪会引来狼群。

直到又一天早上，猎人颤巍巍地把门拉开一道逢，他看见往常这个时候出现在家门口的豺群没有出现。老猎人终于重重地跌坐在了地上。

猎人坐在那里，看见消失很久的空旷又回到了自己的院场，眼泪差点掉下来。

老猎人抬头望天，诚心诚意地念了一声佛。

宁静下来的猎人掐指一算：豺群出现在院场的日子恰恰就是豺在自己家里养伤的日子。

不多不少，整整三十天。

长城长啊

○韩昌盛

我没想到会以这种方式见到我的启蒙老师。

每年一次的教师职称评审，教育局要对每一个报名老师上课情况进行考核。没想到会抽到我做考核组评委，更没想到韩老师今年也评职称。

师生见面自然一片欷歔。韩老师握着我的手，说去年报过一次了，没批，上头说少论文；说今年找人弄了一篇，交了30元钱获县三等奖够用了；没想到上课又碰巧遇见你，更没问题。看着我的启蒙老师，心中似乎有很多感慨，老师你快退了吧？他很豪气地伸伸手指，两年，评过职称就退。

领导喊我们进屋开会，我抓紧时间问他上哪一课，好先给另外两位评委透透风。他趴在我耳边说，长城。

长城？我脑海中浮现出当年跟他上这课时的情景。二十三个学生端正地坐好，韩老师在上课前又来到教室。他很严肃，一定要配合好，不会也得举手，我只提安排好的同学。

上课铃响了，韩老师大步走进教室。然后开始导入课文，长城长啊，一万三千里。下面按部就班地提问，讲解，一直到最后，他总结说同学们想不想去啊？想去！异口同声地回答。我不知哪儿来的问题，站了起来，老师，你去过长城吗？

老师怔了一下，很快地说，当然去过，长城实在是长啊。

后来我知道老师那堂课的意义很重大，是一个民师能否转正的关键。据说要不是我的问题，老师那堂课就能评上满分了。

韩老师今天的开头和当年一样，长城长啊，一万三千里。我看了看教室，有电视，有广播，有饮水机，中心小学的条件就是不一样。很快有孩子举手，老师，长城不是一万三千里。

老师怔了怔，继续讲课，说长城是太空中可以看见的地球上唯一的人工建筑。又有一个学生举手，老师，这不是真的，杨利伟就说没看到。不对，班里马上进入议论状态，各执一词。我焦急地看着他，一个五十八岁的老民师，一个忙了学校忙田里的老师，他也许并不知道现在的镇上学生家里有报纸有电脑，随随便便就可以查到长城的资料。

韩老师有些羞惭地看着我，我用目光鼓励他。他开始转移话题，同学们，你们去过长城吗？

班里举起了十几只小手，还有一个小家伙站起来抢着说长城的见闻。课堂又一次热闹起来，大家争着说长城多长，多宽，还有黄头发蓝眼睛的外国人。

这时，一个胖乎乎的男生举手，老师，你去过长城吗？你看过长城上的青砖吗？我心里暗暗发急，镇上的孩子见多识广，我的老师你可怎么办？千万不能像当年用小棍子敲我一下来发脾气啊。

韩老师似乎很窘，机械地结束了这堂很重要的课。只和我打了声招呼，就回老家了。

我问了那两位评委，我说一大把年纪了，上了一辈子课照顾照顾吧。他们说，名额有限，课堂气氛他把握不住，学生求知欲望他视而不见，难啊。职称的事只好作罢。我感到有些难为情，总觉得事情没有办好。于是，春节时回老家，我让父亲请他来我们家吃饭。

见到我，他很高兴。我们围着桌子坐好，他一边喝酒一边说，长城长啊，太长了。

我说你去了长城？他点点头。

我就一年机会了，前两天我专门去爬了一趟。他又喝了一大杯。

当了一辈子民师，临到结尾转正了，高兴啊，他和我碰酒杯，就剩一个职称问题。那些孩子，没有你们当年好解释。

我就不信，不到长城非好汉，我去过了，就能上好那堂课！他和父亲讲，父亲听不懂。

1000多块钱一趟。他越说越高兴，说给每一个人听，长城长啊，真长。他喝醉了。走时他拽着我的手，我去过长城了，长城长啊。他向前走着又回头，真长，太长了，长城。

从空而降的礼物

○韩昌盛

那天是星期六，我记得清清楚楚。

星期六的学校食堂没有饭。我们在街上吃，小笼包子，一人二十个，巩民生说多吃才有劲，有劲才能抢到。他的话博得大家一致赞同，我们开始风卷残云。我在连续打了三个饱嗝之后，发现大街上已经挤满了人。

泗州商场开业，要请飞机往下撒礼物。飞机，低空飞行，撒礼物，对于我们这样的小城，对于 1991 年的孩子，无异于一场顶尖的音乐盛会或者大型比赛。我们早就约好了这个星期天谁也不准回家，好好抢一把，没准抢到一大把人民币。李文胜神秘地说，他听他爸爸说，他爸爸又听朋友说，飞机将撒下五十个红包，每个红包 10 块钱。

我不敢肯定他们是否为此作了详细的计划，计划买上一张电影票外加三包瓜子吃上一碗拉面。反正我是考虑好了，就这么干，先吃拉面，再看电影，剩下的钱坐车回家，不骑自行车了。所以我使劲紧了紧裤腰带，防止跳起来时松开。巩民生笑了笑，他退在电影院门前仔细地紧鞋带，看样子万事俱备，只欠东风。

东风一直没来。一个胖胖的中年人拿着喇叭，向西挥着手，九点，九点！在环城路，有大红包。

环城路？我想拍拍脑袋，庆祝自己知道，但胳膊拿不开，只能装模作样地摸摸。他们也知道了，向我靠拢，从商场南边的巷子里迅速西蹿。

我们不是先行者。环城路上站满了人，柳树下，栅栏边，而且都是年轻人，向西南方向翘首期盼。西南是蚌埠，有许多明显内行的人说从蚌埠机场请的飞机。也有人说不是扔人民币，取消了，上级不准许扔钱。巩民生和我对视了一下，我们笑了，不是钱也行，只要是礼物，飞机上撒下来的肯定不会差。

突然人群里没有了声音。来了，来了，许多人突然叫了起来。大家迅速抬头，向天空望去，果然听到有轰轰的声音，是飞机的声音。一架小小的飞机在天空飞翔，噢！许多人欢呼起来，招手，蹦起招手，手扶在前面的人的背上招手。虽然是冬天，但我们从心里到身上都是暖融融的，甚至温暖如春，兴奋涨满了每一个汗毛孔，仿佛马上就可以磅礴而出。

飞机径直飞走了，空中没有留下一丝痕迹。

许辉扯了扯我的衣袖，我们得分开行动，抢到的机会多。西南方！还是西南方向！那架飞机又一次低低地飞过。果然，更多的小降落伞式的礼物在空中高高低低地舞动着，一条线，不，一条弧线！鼓鼓的，用布包着的礼物，从西南向东北，划出一条美丽的彩虹。冲啊！巩民生推我。我说二贵快判断方向，你物理学得最好。蒋二贵犹豫了一下，马上坚决地说，就是我们这儿，肯定是这儿。容不得多想，我们四人按计划扩充了领土，向外推搡着，个子最高的二贵站在了中间。

礼物包继续歪歪倒倒。仍然有许多掉在了护城河里，但还有许多掉在了人群中，一下子引起一片“高楼”，他们都跳起来了。二贵也跳起来，他说你们顶住，这个肯定落在我们的地盘。

二贵飞快地跳起来，去抓那一个即将落下的礼包。还有一本书的距离，他的身子歪了，我们迅速将阵地前移，将他又顶起来。另外一个高大的年轻人被我们挤了个趔趄手无可奈何地落下。包，在二贵手中。

许多人围过来，快看是什么？他们充满了好奇和嫉妒。许辉低声说，快走，像电影里的黑衣人一样喊着，风紧扯呼。我们四个人又一次像泥鳅一样滑出了人群，沿着人民旅社，大药房，百货大楼，蹦着，跳着，向学校进军。

学校里没有人，他们都上街去了。我们兴奋着，在校园里最有历史的槐树下打开那个包。紧紧的，一个纸盒子，纸盒子里，一块崭新的手表，银白色的链子，白亮亮的盖，清清楚楚的时针、分针、秒针。我拿起来往手上套，被二贵打了一下。我笑着，将手表放回盒子，用布包好。

他们也回来了，没有收获，垂头丧气。许辉将手表递过去，罗安，我们抢到了。罗安小心翼翼将布包打开，仔细地看银白色的链，白亮亮的盖，清清楚楚的时针、分针、秒针。然后又盖好，包好，递给许辉，给你们吧，你们抢到的。

许辉生气了，我也生气了，所有的人都生气了。说好抢到给你的，你不是请过一人一根冰棍了吗？君子一言，驷马难追。

罗安只好收好礼物，收起从天而降的手表，和我们每人击了一掌。我们都笑了，罗安终于有礼物送给他姐姐了，姐姐快结婚了，姐姐因为罗安上学才离开校园，罗安说一定要送她一个特别的礼物。姐姐经常来，带许多好吃的，给罗安，也给我们。我们都喊她姐姐，姐姐经常语重心长地说，好好上学，考一个好大学。

姐姐一定会高兴，我们拍着罗安的肩膀，从蓝天而来，与白云相伴，分分秒秒都不会忘记，这样的礼物，姐姐能不高兴吗？罗安笑了，笑了的罗安豪气地挥挥手，中午我请大家吃面。大家笑着，跑开了，谁去吃，挤了半天累坏了！

那一年，我们十七岁，姐姐十九岁。

罗安说，谢谢你们，姐姐看到手表哭了。我们笑了，我说那么珍贵的礼物，姐姐怎么会哭呢？她在笑啊！大家点头，青春的头颅像啄米的鸡一样，一下子啄开了成长的大门。大门里，许辉搂着我们的肩膀说，落地为兄弟，何必骨肉亲，老班昨天刚说的。大家又一次点头，对着罗安说，就是，落地为兄弟，何必骨肉亲。

就在那一刻，我们发现自己真的长大了，而且充满神圣和力量。

弟弟南下去打工

○邹当荣

自从父亲病逝以后，弟弟就变得沉默起来。整天呆在家里，哪里也不去，一副心事重重的样子，不知道他在想什么。问他，他不做声，再问，他就呜呜地哭：“哥，我为什么还是这么矮？我要是高点多好啊，我就可以到广州去赚钱了。”

我只好耐心地开导他。毕竟弟弟才十六岁，个子又小，一个人出门在外，我和母亲怎么放得了心？我有时下班回去晚了点儿，母亲都要唠叨个把小时，更何况是弟弟去广州打工。虽说家里经济条件差点儿，但每天饭还是有的吃的。在我看来，一家人只要能天天见面，这本身就是一种幸福。可弟弟却没有想那么多，既不去学校拿初中毕业证，也不去公安局办身份证，就偷偷地爬上了南下的列车。

也许是知道我和母亲不会答应，弟弟去广州前没有流露出任何要走的迹象，走的时候连换洗的衣服都没有带，留下一张“不愿坐吃山空，要减轻家庭负担”的便条就匆匆地走了。弄得我和母亲一连几个晚上都没有睡好。说实在的，父亲的病逝已使我和母亲痛不欲生，倘若弟弟又有什么意外的话，我和母亲以后的日子怎么过？父亲在世的时候，最不放心的就是弟弟，他临终前的最后一句话，我至今仍清楚地记得：“林樟还小，你们要好好照顾他……”可如今，弟弟却孤身一人南下广州打工了。即使是成年人到外地出差，家里人也会牵肠挂肚，我和母亲不得不为弟弟的处境担心。一个人独处时我常常在想：假如让我到广州去打工，让弟弟去学校读书，情况是不是好一点儿呢？

收到弟弟的第一封信时，我和母亲都忍不住泪流满面。见信如见人。信是用家里带去的材料纸写的，满满三页。可能是因为写信时有泪水滴在上面的缘故，字迹有些地方比较模糊，用手一摸，便能感觉出明显的凹凸不平。弟弟在信中说他已经找到了工作，请家里人不必挂念，有空他会写信来的，收到信后赶快回信。末了，还在最后一页信纸的反面把邮编和地址重写了一遍。

从此，我每天都要准时到传达室门口等信。回到家里，母亲问得最多的，也是弟弟有没有来信。

出人意料的事还在后头：两个月后，我和母亲几乎同时收到了弟弟的汇款单。弟弟说他本来想给我和母亲每人买一件衣服，又担心我们穿着不合身，就寄钱要我们自己去买。虽说数目不大，只有 100 元，我和母亲却更加惴惴不安了。"怎么对得起你死去的父亲呢？还要林樟寄钱来用。"一连几天，母亲一直重复着这句话。可是，母亲下岗后只能打零工当保姆，我在报社当实习记者又只能勉强解决温饱问题，能有更好的解决办法吗？

我没有用弟弟寄来的钱买衣服，而是把它以弟弟的名义存入了银行。弟弟的钱来之不易。听从广州来的表哥说，弟弟在广州跟一位汕头老板贩香蕉，住在铁路边一间自己搭的房子里。房子小得仅仅能容一张床。上面睡人，下面放香蕉。每天清晨，天蒙蒙亮，弟弟就要推着破自行车到 10 多里远的地方进货，然后再送到附近的市场。为了多赚一点钱，香蕉的重量常常是弟弟体重的两倍。可以想象，100 多斤重的香蕉压在自行车衣架上，对于一个十六岁的孩子将是怎样的艰辛，更何况是在广州那人来人往、车水马龙的闹市，稍不留神就会酿成交通事故……

听说弟弟炒了汕头老板的鱿鱼是过年的前两天。这以前他在餐馆洗过碗，也在缝纫厂打过零工，都因为工作不理想而被他辞掉了。如今弟弟在广州一家副食品公司工作，工资和福利跟成年人一样。他说自己已经长高了 10 多厘米，准备再打两年工就回家乡来，自己当老板。

母亲的“绝对隐私”

○邹当荣

这是我给家里添置电视机和VCD以前的事了。

那年我十七岁，在岳阳的一家报社打工。由于一年前父亲病故已导致倾家荡产，母亲、弟弟和我一家三口临时挤在报社给我安排的一间杂屋里。母亲料理家务，我和弟弟赚钱，日子虽然过得拮据，却也苦中求乐，图个安稳。然而，我和弟弟都有一个共同的担忧：怕有后爸。

这天中午下班回来，弟弟告诉我，母亲这几天好像不对劲，吃了饭就出门了，直到要做下一餐饭时才回来，不知在忙些什么。

“这还了得，我虽然只是在报社打工，可走到外面别人都叫我‘邹记者’，倘若真的有什么事情发生，我这面子往哪里搁？不行，得想想办法。”我说。

可是，这事又不好声张，我和弟弟商量来商量去，终于有了措施——跟踪，先了解情况再说。

母亲吃了午餐，洗了碗，果然又出去了。

我鬼鬼祟祟地跟在母亲后面，穿街走巷，始终保持50米左右的距离。俨然一副私家侦探的模样。

奇怪的是，母亲走出门时头没有梳，背包没有提，衣服也没有换，穿的依旧是上午那件父亲曾经穿过的汗衫，那条我看了好几年的灰色长裤。

去年的这个时候，母亲就是以这身打扮送走父亲的。我真的料不到曾经对父亲爱得死去活来的母亲竟会在短短的一年时间内变心，心里不由自主地对母亲产生了怨恨。

午后的阳光很毒，蒸出我一身臭汗。

母亲从竹荫街出发，过南岳坡，经桥西，一路东行。路上不时有中巴喘着粗气在母亲身边戛然而止，又不时有售票员探出头来吆喝上车，母亲却只当没有看见，依旧走自己的路，让别人去喊吧。我知道母亲是舍不得出车费，一元钱在她眼里就是两斤青菜。当然，她也不时地停下来，朝一些商店里面看一眼。

一路上，母亲没有跟任何人说话，这让我为家乡话不好懂而自卑，也为没有任何收获既庆幸又失落。可我还是不甘心，因为我从母亲匆匆的脚步中看出她不是在逛街，而是像急着去会一个什么人。

终于，母亲在一家音像店的门口停下了。

我赶紧就近找了个地方躲起来，以便在暗中窥视。路上的行人稀稀拉拉，那家音像店的生意冷冷清清，里面除了一位长头发的姑娘以外，我几乎没有看到在那里超过三分钟的人。

不知道为什么，母亲仍然站在音像店的门口，倚着门前的那棵泡桐树，没有进去，眼睛却似乎一直在盯着里面。

时间一秒秒地过去，汗水一行行地流下来，湿透了我的衬衫。母亲却不但没有离开的意思，反而靠着那棵泡桐树坐了下来，手不时地向脸上伸去，像是在擦汗，又好像不是。

我心里一紧，难道母亲跟里面的姑娘有什么过节？就走出来，装做若无其事的样子，走向母亲。在距离母亲不远的地方，我听到音像店里传出了熟悉的声音——

那是父亲生前最爱唱的湖南花鼓戏《刘海砍樵》。

木匠的秋千

〇陈　毓

在我们那个傍山抱河的村子里，木匠阿梓活得像他屋后山上的风光一样景致无限。山叫桦树岭，长桦树、橡子树，还长槲树和槐树。春天，我们去那里撸槐花，一嘟噜一嘟噜的槐花悬在我们脸边，用它们的香气拍打我们的脸。夏天我们采木耳和蘑菇，采到木匠门前，遇上他在，总要摘树上的果子给我们，李深红，杏金黄，我们享受着木匠的赠予，赞美木匠是属木的。没有果子的季节，木匠就折花送我们，刺梅花儿。我们手捧鲜花回家，把花转赠母亲。母亲把花插在装满清水的玻璃瓶里，笑眯眯地夸赞木匠人好，手艺同样好，说木匠做的家具能用一百年。

木匠是手艺人，一个村庄都需要他的手艺。木匠出这户，入那户，打造出一个村子人家的家具。常常木匠走到哪里，身后总是跟着一群小孩，看他平复裂纹、修理疤痕、显露树的年轮。榆木、樟木、花梨木堆在他身前身后，刨花在他的手上开了，又开了。他一天天活在木色木香里。木匠是个惜材的人，大材大用，小材也会被他用到恰切处，木匠是木的伯乐。

木匠是活得最幸福、最了不起的人。我总这么想，我暗自愿望着木匠能把他的幸福和另一个人共享，比如木匠会在某一天早上醒来，在屋后林中鸟雀的婉转啼鸣中得到启示，愉快地到门前采了芬芳的刺梅花儿，用宽大的梧桐树叶包了，走到村小学，去敲我们美丽的、单身的戴淑芝戴老师的房门，去向她求婚。即便木匠不模仿电影里男主角的动作和台词，也会相当迷人，也能取得胜利，赢得戴淑芝戴老师那颗孤独高傲，同时又是柔软脆弱的芳心。

我天天这样幻想着。让那个少小没了爹娘，又远离故土，像童话一样美丽伤感的戴老师，从此回到她公主的现实中。而木匠，也许正是另一则童话里被魔咒了的王子呢。现在，当他们遇见，魔法消失，爱苏醒。我相信这可能会随时发生的，你看木匠，他在出工或傍晚回家的路上，倘使遇见了戴老师，总会远远站住，侧身相让，微笑着目迎戴老师走近，低低地问候一声：戴老师早！即便两人相遇是在傍晚，他也准这么说：戴老师早！然后，要等到戴老师走过他身边，走远，不见，他才会重新挪步到路中间，接着走他的路。他会悄悄微笑，笑容里的安详和满足让看见那笑容的每一个人都会心生感动。

肯定你也看得出来，木匠和我们一样，是深深喜欢着戴老师的，但是，他怎么总不向她求婚呢？

偶尔我心里会闪出一个画面，美丽的戴老师高坐在木匠为她搭建的秋千上，秋千悠然晃动，使她衣袂飘飘，秋千的旁边，木匠家那株高大如树的刺梅正盛放着千朵万朵美丽芬芳的花，用一树香气为眼前的幸福生活唱着赞美的合唱。

后来的某一天，这个长存在我幻想里的画面在现实中复活，我真的看见一架现实中的秋千架在木匠门前，但是，秋千上贞静地悬垂着双腿的，不是戴淑芝老师，是木匠和另一个女人所生的粉嘟嘟的小女儿。

恰同学少年

○巩高峰

九八年我在街上卖鸡蛋。黄祥可不像我这么没出息。我跟黄祥从幼儿园就同班同学，可从小到大黄祥却一直是我的偶像。因为在我见到亲戚长辈还会脸红的九岁时，黄祥已经可以在父母不在家的情况下让到他家走亲戚的客人吃得满嘴流油喝得四仰八叉地回去。这是佳话，在我们那儿这比对跳水捞人行为的赞扬度可高多了。每每父母要训我，开场白总是，你看看人家黄祥，跟你同学吧？

初中时，我最大的愿望就是能跟黄祥拜把子。真的，有时做梦我都在跟黄祥撮土为香，醒来发现手里攥断了心爱的钢笔。可在黄祥的话里，他不是跟村长的公子称兄道弟就是跟主任的千金义结金兰了。我便把奢望藏到了心底，再不敢多想一下。

九八年我和黄祥一道从省城的中专毕业，我们俩就更一个在天一个在地了。我父亲愁白了头发削尖了脑袋只想把我挤进哪个公家单位的门里去。黄祥则说了，非公、检、法不去。于是我跟黄祥有了次小小的殊途同归。迫于无奈，我帮父亲侍弄家里那一千多只鸡，形式是养殖专业户，内容是卖鸡蛋。正是夏天，我戴顶草帽，用父亲结婚时买的永久二八自行车带着鸡蛋上街叫卖。在我还为怎么吆喝出第一声而面红耳赤地努力呢，黄祥已经开了第一家五金店。说它第一家是因为黄祥的雄心和实力大伙都知道，黄祥就是把五金店开遍各镇开到县里开进省城大伙都不会感到奇怪的。就说这第一家吧，黄祥就填补了我们镇上五金行业的空白。

可从此我再不敢从黄祥的店门口经过，因为我觉得这一步远比我战胜羞怯开口吆喝要难得多。好在这年夏天我终于找着了那么一点自信，我发现我竟还有那么点天赋。在出摊卖鸡蛋的第二十二天，我的鸡蛋卖遍了方圆二十多里地的村子。再往后，我都不用上街摆摊了，量大的我送货上门，量小的人家上我家的门。父亲笑得满脸是牙，跟村人炫耀说这都供不应求了，真想让小鸡一天下俩蛋。

我真的闹不明白这是这么回事，也许是我嘴拙腿勤，也许是我家的鸡蛋个大颜色好，反正我不用上街熬太阳了。只要坐在家里对来人笑脸相迎，我家的鸡蛋就不愁卖。

这天，来的人却让我受宠若惊得笑不出来了——黄祥来了，新配的眼镜，腋下夹个皮包，肚腩微凸——黄祥已经很有老板相了。摩托车突突响着没熄火，黄祥显然没准备久坐。但我一样要泡茶，茶叶是当初为找工作给人送礼时买的碧螺春，我家那一千多只鸡集体努力一天下出的蛋也买不了一罐。黄祥摆了摆手，顺带理了理被头盔压乱了的头发，说，别忙了，咱老同学了谁跟谁呀。我那店开第三个分店了，资金周转不太灵，你借我点钱，算你入股也行。

我有些愣，这可是要当老板呀，我能有这么好的命吗？但我第二反应就翻起了抽屉，那是我们家的银行。只找着了500块钱，那是最近一段时间那一千多只鸡产出的利润。黄祥嫌少，但还是接了，扭身走时，他重复了一下，算我借的还是算你入股？

我没有思维，只会说，再说、再说。

有了卖鸡蛋这点小辉煌，我终于有了点信心可以想别的了——我决定扩大养殖的规模，把父亲的事业发扬光大。父亲虽担心，但也支持。就在我们父子俩雄心壮志要当农民企业家那一年，我们因为一批假冒的疫苗而赔了，赔得倾家荡产。最后全家必须要讨回一些零碎的债才能生活。于是全家列出了一个外债清单。思虑再三，我还是把黄祥写上了，但考虑到他生意上的周转，我把五百写成了三百。

村里的民风一向淳朴，所以陆续地人家都把钱还了。这是规矩，一家遭难百家帮，如果出不了钱也出不了力，那起码把欠债还了。连账上没有的邻居王婶都把二斤鸡蛋的钱还了，最后只剩下黄祥。我没办法战胜自己去找黄祥要债，我决定出去打工。在我打点好行囊的那天，母亲去黄祥的总店要钱了，母亲说她是厚着脸皮去的。回来时母亲握着 300 块钱，脸色很难看。

当然，打工这条路我也没发现自己有什么天赋，死了心回乡时，我唯一的成绩是带回挺着肚子的老婆。听老婆的话，我们在街上开了家童装店，把健康可爱的儿子当形象代言人，效果和生意都不错。

一日在街上竟碰见了黄祥，早听说黄祥结婚生子了，不过就剩下那间总店在守着。黄祥还骑着那辆旧摩托，一脸的灰色。虽然知道在一条街上迟早会碰面的，但我们还是有不少的尴尬。倒是两个抱着孩子的女人甚是投缘，凑到一起孩子、服装、化妆品地聊起来没完。我和黄祥只好蹲到路边，互相递了烟，喷着长长短短的烟雾，没话。

半晌，我突然惊诧地听到自己还是忍不住张嘴了。我是这么说的，黄祥，你还差我 200 块钱呢。

温暖的交流

○孙道荣

在县里同志的陪同下，我们辗转颠簸了几个小时，终于找到了他家。

他是我们阳光助学工程拟帮扶的贫困学生之一。我们这次来，一方面是帮他带去大学录取通知书，同时，受捐助人的委托，也实地考察一下他家的情况。

虽然早有思想准备，但他家的困难，还是超出了我们的想象：破败不堪的房子里，只有一面贴满了各种奖状的墙壁，看出些许生气；屋里的一台老式彩电，是这个家唯一的家电，还是几年前县里送来的慰问品。他的父亲在一次工伤之后，基本丧失了劳动能力，全家的重担全落在了母亲身上。让人难以想象的是，这位坚强的的母亲，竟然是聋哑人，什么也听不见，一句话也说不出，默默地承受着一切苦难。偏偏祸不单行，几年前因为一场大病，母亲的视力又严重受损，现在，连坐在对面的人都看不大清。全靠亲戚和左邻右舍的帮衬，这个家才勉强支撑着。

每天一放学，他就匆匆忙忙赶回家，帮妈妈做农活，干家务。他是这个家庭唯一的希望。

我们将大学录取通知书交给了他。薄薄的一张纸，也许将改变他和这个家庭的命运。

他把这个喜讯，首先告诉了一直安静地靠在门框边的父亲。父亲吃力地咧咧嘴，蹦出了两个字："高兴!"这是我们听到他的父亲说的唯一一句话。

接着，他走到母亲身边。儿子终于考上梦寐以求的大学了，他要把这个激动人心的消息，亲口告诉自己的妈妈。可是，他的母亲又聋又哑，他怎么告诉她啊?

他看着妈妈，一只手拉起了妈妈的一只手，另一只手，在妈妈的手心里画着什么，一圈，又一圈，然后，抬起妈妈的手，指指远方。

他的妈妈愣愣地，忽然吱吱呀呀不情愿地叫了起来。他向我们解释，以前和妈妈交流，都是用他们自创的手语，只有自己和妈妈明白。自从妈妈眼睛坏了，看不清楚之后，他只能用手指在妈妈的手心上比画．妈妈才能明白。他说，他在妈妈手上画个圈，是要告诉妈妈，他要离开家了。他抬起妈妈的手，那是要告诉她，他这次要去的地方，很远很远。

妈妈似乎明白了，但她搞不清楚，儿子为什么要离开家，去很远很远的地方。所以，才急得呀呀叫吧。

我们对他说，那你赶紧把考取大学的好消息告诉她啊。

他腼腆地笑笑，我在想怎么告诉她。

他拉着妈妈的手，在她的手心里画了个正方形，又在正方形内戳了一点，然后，用妈妈的手指，在自己的脸上摸了一下，又指了指那面挂满奖状的墙。忽然，我们看见，他的妈妈笑了。

他说，妈妈明白了。那个正方形，是奖状的形状，戳的那点，表示红红的公章，让妈妈摸摸自己的脸，是因为每年从学校拿回奖状，妈妈都会摸摸他的脸……他说，其实妈妈很难理解什么是大学，但她却知道，她的儿子又被学校表扬了，又盖上了红彤彤的公章了。

在我们谈话间，他的手，一直拉着妈妈的手，不停地在妈妈的手心里轻轻比画着。妈妈木讷的脸上，时而露出会心的笑容。他们就这样无声地交流着。他的妈妈的手，非常粗糙，那是一双历经苦难的手，一双承载着这个家庭全部重担的手。

我们告别的时候，他们一家执著地将我们送到村边。我注意到，他一直紧紧地拉着妈妈的手，那是他和妈妈交流的唯一通道，写在手心里的一笔一画，只有他们母子能够互相明白。而那也是我所见过的，最温暖的交流。

邂逅庞飞

○徐慧芬

十五年前，不期遇见庞飞的时候，我们已有十年没见面了。我俩喜出望外，用力握着对方的手。庞飞说，真巧，竟在家具店里碰到了！庞飞问我，你也准备换家具吗？我说房子大了点儿，想添个沙发。庞飞说，我也是，刚刚搬进两室一厅，老家具都处理了——旧的不去，新的不来嘛！

临走，我和庞飞问店里讨了张纸，一撕两半，各自写上自己的住址和联系电话，递到对方手里。我们相约：一定要到家里来坐坐啊！

十年前，我在一家大型建材超市里又碰到庞飞了。我们兴奋地摇着对方的肩膀。庞飞说，房子又变大了——是三室两厅的！这次准备花点心思，装修到位。庞飞指着一种进口瓷砖很内行地对我说，这个牌子在欧洲市场上也是有点名气的。庞飞问我，你也换了房子吧，我说是的，我来看看地板。

分手时，我和庞飞交换了名片，又掏出手机把对方的手机号存了进去。庞飞说，有事多联系，得空一定来家玩啊！我还养了几缸金鱼，都是珍稀品种。我说，改天一定来，你也有空来我家啊，我学了点茶艺，略懂茶道，到时请你品好茶！

五年前，一个午后，我刚走出酒店，就见隔壁一家颇有名气的画廊门口，一个脑门亮晃晃的男人从车里出来向我招手——我与庞飞又见面了！我们欣喜异常，仍呼唤对方的小名：胖胖！毛头！声音大得让旁人侧目而视。谈话间，庞飞告诉我，他又换了房子，这次在郊区买了别墅，都装修好了，就是墙上还缺几幅画。庞飞问我，你也搬了吧？我说，还是老房子，不过两年前在南方临海处，买了一套景观房，还一直空关着……

庞飞选画很挑剔，我和他的助手帮他选了几幅风景画都没入他的眼，他只相中了一幅名为《一地阳光》的油画。画面上一群男女老少中国农民，蹲在地上，围在一起，掰玉米棒子。金色的玉米和金色的阳光交相辉映，画面上的人个个咧着大嘴，喜笑颜开，一旁的鸡和狗奔忙着。庞飞解释说，公司墙上都是风景画，自己家里空荡荡的，这幅热闹点儿，添点人气。

分别时，我们交换了各自更新了的名片。庞飞说，岁月不饶人，都快老了，以后一定要多聚聚，我花园里还挖了井，筑了游泳池，安了千秋架，都是名家设计的，蛮有特色，有空想着过来啊！我说，好的，明年哪个节假日你若抽得出空，我们两家人也可一起到南方度假，看海，泡海……

话还没说完，庞飞的手机响了起来，而我身上的手机也已振动了好几次。于是，我们边掏手机边匆匆道别。

说来也巧，这些年来，我与庞飞，差不多每隔五年，总会撞见一面。现在，五年又要过去了，我仍没有去过他家里，他也没光顾我家。昨天傍晚，我在加油处停车加油时，对面一辆凯迪拉克车从眼前掠过，开车人像是庞飞，是胖胖！我想喊他，可哪里叫得着呢！

当夜，我在梦里又见到了庞飞。那是三十年前的情景——我们朗读普希金的诗，讨论海明威的小说。那时，我们喜欢文学，心怀虔诚，常常感动自己。那时，我们也偷偷学着作诗、写小说，常常为一个字眼，某个章节，两人会争得面红耳赤……后来，为参加恢复不久的高考，我们又常常聚在一盏灯下温习功课……那时，我们是老街坊，住得都逼仄。我们的脚，有时候，一天里会朝对方家门跨几次。

紫桑葚

○高　军

“小鬼，怎么好像不太对头啊?”他四下里扫了一眼，问警卫员。

警卫员扭头向西面的山峰看一下——每个山头硝烟滚滚，枪声炮声此起彼伏——就把两脚“啪”地一并：“报告首长，老乡都躲了，门没顾上锁。”

“哦，打仗嘛。”他若有所思地点点头，“咱们就在这里落脚吧，老乡的东西，我们要照管好啊。”

紧张忙碌过后，瞅点空隙，他走出房门，两手举过头顶，伸了个懒腰，然后看看田野里的青草和绿树，感到舒坦了一些，正想转回身去，钻进耳朵里的枪炮声中，似乎夹杂着一种若有若无的“嗞嗞”的声音。他仔细听了一阵，就来到西屋门口。警卫员立即跟了过来。他先敲了敲门，没动静，就慢慢推开虚掩着的秫秸扎的门。迎门是一个大秫秸箔箩，里面养着已长到一寸左右的蚕宝宝。一条条蚕虫，在蠕动着，叠压着，有的还把头抬起来，来回扭动几下。他笑了笑，慢慢退出来，又轻轻地把门关上。

回到正房的指挥所，他问了一下25、26、27师所在的具体位置，命令道：“不许从任何人手下漏掉一个敌人!”

他端起茶杯，举到嘴边，还没碰到嘴唇，又猛地放下，桌面被碰得响了一声，人们都抬起了头。他谁也没看，大声叫道：“警卫员!”

“到!”两个警卫员跑到他跟前，举手敬礼。

他严肃地看了他俩一眼："我命令你俩，马上去给我采一筐桑树叶子来，要干净，要肥实。"

警卫员稍一愣神，随即大声应道："是！"看着警卫员跑步出了院子，他的脸上露出一丝微笑。然后，又大步走到地图前，看了看部队目前所在的位置，轻轻地舒了一口气。

一个多小时过去了，两个警卫员还没回来。他默默地站起来，又慢慢地走到西屋门前。手刚伸到门上，又猛地缩回来。他自嘲地笑了笑，走到大门口：

"这两个小鬼，怎么搞的？"

又过了一会儿，门口传来怯怯的声音："报告首长！我俩没看到桑叶。"

他看了他俩一眼，见他们还喘着粗气，一副疲劳的样子，就把心里腾起的火强压下去，指指他俩，冷冷地问："怎么回事？"

警卫员回答："在方圆两公里之内我们找了一圈儿，没有桑树，所以……"

另一警卫员说："西边倒是有三棵桑树，但被炮火打得光秃秃的了，树上一片树叶也没有了。"

他锁着眉头，没吭声。过了半天，才又轻声说道："你俩再去一趟，要扩大搜索的范围。"他把手使劲儿往下一按，声音略大了一点儿："但必须采到桑叶。"

"保证完成任务！"两人的眼角有点儿湿，敬礼后拿着筐又跑了出去。

四下里的炮火仍很激烈。他的心里有点儿为自己的警卫员担心，两个小鬼可要小心哟。他不敢分散自己的精力，又马上把注意力转回到对战事的考虑上。

太阳已经过午，当他再次抬眼往大门外看时，两个警卫员终于走进了视野。

两人抬着一大筐碧绿的桑叶回来了，脸上显露着兴奋的神情。

他走出来，高兴地说："给我给我，你俩快去喝口水。"

但警卫员并没有走，与他一起抬着桑叶来到西屋。

他瞅着一个个蚕宝宝，嘿嘿地笑着，慢慢抓起一把桑叶，反过来顺过去地看了看，没有杂质，只是叶柄上带着几个紫色的桑葚。他把桑葚摘下来，塞到警卫员的嘴里。

警卫员没防备，只好吃了："首长?"

他笑了："慰劳你俩一下。"

说着，他小心地把桑叶撒到箔箩里。蚕宝宝快速地蠕动起来。唰唰唰，绿油油的桑叶一会儿就被咬出一个个大豁口。他又抓起一把桑叶，摘下桑葚，放到旁边的一只小凳子上，再把桑叶撒给蚕宝宝。

警卫员看到首长非常投入，就咂咂嘴，小声说："首长，桑葚真好吃，您尝尝吧。"

他摇摇头："不，给房东的孩子留着吧。"

炮火越来越猛了……

不久以后，被写入战史的孟良崮战役胜利结束。

躲出去的房主人回来了，他发现自己养的蚕吃得很饱，旁边一只筐里还有小半筐桑叶。在一堆紫色的桑葚边，还压着一张纸条：

打搅了，感谢给我们留门。

许世友

1947. 5. 16

看到这里，老乡的眼睛湿润了。朦胧中，他发现那堆紫桑葚更鲜亮了。

最后的老驴

○张国平

这几天多加把料，过几天老刀子就来。很久以前的一天，透冷，队长对老麦说了一句话。老麦愣了，只觉得有一股凉气顺脚跟嗖地蹿进脊梁骨。

老刀子是屠夫，十里八村有名的快刀手。难道要……老麦正懵懂着，队长又说话了，队长说，快春节了，大家也都分一点儿。老麦彻底听明白了，老灰驴要完！

不这样弄咋办？老灰驴没人要啊。队长的语气里全是无奈。

是啊，骡子没了，枣红马没了，老黄牛没了，它们全被人买走了，如今牲口棚里只剩下这只老灰驴了。老灰驴拉了一辈子车，瘦得皮包骨头，没人肯买。土地马上要承包到户，生产队再没必要集中饲养牲畜了，不卖给个人有啥办法。

听到队长的脚步声渐渐远去，老麦站在牲口棚外“目送”了很久，突然心窝子一阵疼，仿佛他已经先挨了老刀子的刀。老麦是个瞎子，一位养了二十年牲畜的鳏夫。

天要黑了吧？老麦愣了很久，自言自语。老麦对西天“凝望”，在老麦的脑海里一定出现了深冬里那无精打采的残阳。

老麦摸进牲口棚，熟练地走到槽边，抚摸着老灰驴的头说，老灰驴啊老……老麦哽咽得说不下去。

解了缰绳，牵老灰驴到门外，老麦松了手对老灰驴说，你干了一辈子，累了吧？好好在地上滚一滚，舒坦舒坦吧。

老灰驴伸直了脖子，垂下头闻地皮，又打了几个响亮的喷嚏，先是前腿再是后腿，依次弯曲跪在地上。老灰驴不可能知道老麦是瞎子，它扑棱着耳朵，又摇摆着脑袋，很讨好的样子，伸直脖子“呜啊呜啊”地叫了好一阵才躺下，一个左翻一个右翻地打滚。地上扬起一片又一片尘土。

老麦依墙而站，“望”着老灰驴左右翻滚，心酸了，眼角湿湿的。

老灰驴翻滚够了，抖落身上的尘土，又伸脖子舒服地“呜啊呜啊”一阵，乖乖地来到老麦的身边，用头蹭老麦的手。老麦拍打着老灰驴的头问，够了？没过瘾就再翻滚去，日子不多了啊。老麦一副哭腔，嗓子都岔了音儿。

老灰驴摇摆几下头，将缰绳主动送在老麦手里。

老麦将老灰驴拴在槽上，将料豆撒进去说，老伙计，吃吧，好好吃吧。骡子没了，马没了，牛也没了，好食料当然都是老灰驴的，何况老灰驴的日子不多了。

老麦很少喝酒，这夜却去代销点买了瓶最烈的酒，独饮。老麦很快就醉了，说了一夜的胡话，说的啥很含糊，只有“老灰驴”几个字最清晰。

第二天，老麦便摸到了队长家。老麦说，这头驴我要。

你？唉。队长说，牲畜没了，你还没着落呢。队长看到老麦空洞的眼睛眨巴了几下，很痛苦的样子，忙说，老麦叔别难过，我会想办法的，不过我这队长能干几天也不一定啊。地分了，牲畜卖了，还要我这个队长干啥？

从队长家出来，老麦的步子很飘，仿佛整个人被掏空了。关于前途老麦早预料到了，可他不愿多想。现在队长把话挑明了，老麦不得不想，越想老麦的心就越没着落。

在牲口棚外老麦站立了很久，他不愿进屋，不敢面对老灰驴。老麦悔恨自己没本事，保护不了它。想着想着，两行滚烫的东西就滑落在老麦的脸上。

风很寒，有冷冷湿湿的东西落在老麦脸上。老麦竖耳朵听，有轻微的沙沙声。下雪了！老麦不禁心中惊喜。这样老刀子就得迟几天才来，老灰驴就能跟自己多待些日子了。

一场不期而至的雪让老麦顿感轻松，老麦回到牲口棚好好地给老灰驴又加了把料。听到老灰驴嗑嘣嗑嘣的咀嚼声，老麦满脸愁云散去，露出欣慰的笑容。

擦黑时有人进牲口棚，从脚步声老麦能听出来，是队长来了。

老麦叔啊。队长只说一句就把话顿住，顿得老麦的心一下又提上来。队长说话了，果然是老麦最担心的结果。队长说，刚才凤儿走娘家回来，说她爹老刀子明天就来。

不是……不是说等两天吗？老麦眨巴着眼睛问。

这不是下雪嘛，地滑路远，老刀子去不了县屠宰场了，他说明天有时间，抽工夫先解决老灰驴吧。队长说，老灰驴有功啊，夜里就多加一把料吧。

老麦想说什么，嘴巴翕动着什么也没说出来。队长“唉”一声走了。

老灰驴，老伙计。老麦对驴槽的方向喊。老灰驴仿佛听懂了老麦的呼唤，回应了两个响亮的喷嚏。

老麦给老灰驴加草料，然后将所有的料豆都倒进驴槽里。嗑嘣嗑嘣，老灰驴咀嚼的仿佛不是草料，而是老麦的心。老麦的腿绵软无力，趴在驴槽上反复抚摸老灰驴的头。

老麦又拧开了酒瓶，仰脖子嗵嗵将酒灌下去。老麦醉了，醉得很厉害，趴在驴槽上呜呜地哭。将剩下的酒全倒在驴槽里，老麦对老灰驴说，你也喝吧，你也醉吧，醉了好呀，醉了就啥也不想了。老麦嘟噜，人这一辈子不就是一场梦嘛，醉生梦死，醉生梦死啊！你是啥？你是一只驴，难道比人的命运还强吗？所以你也喝吧，你也醉吧。

雪越下越大，渐渐成了风舞鹅毛，人们在被子里窝了一夜。

第二天老刀子没来，牲口棚却成了废墟。一片黑色的灰烬与整个洁白的世界极不和谐。

有驴迹和脚印，来来去去反反复复地在牲口棚外徘徊，虽然又被积雪覆了薄薄的一层，但痕迹依然清晰可辨。

老麦叔啊！队长疯一样扑上去，在一堆灰烬上拼命扒捞。

最美的音乐

〇张国平

天色灰蒙，细雨绵绵，刚好是礼拜天，钻被窝里睡一觉，多美啊，可是睡不成，校墙外有个窝棚，窝棚里有个弹棉花的老头，砰砰砰，砰砰砰，声音刺耳。而且越想入睡声音便越显得刺耳，闹得人心慌。

于是便有同学伸脖子对窗外喊，别弹了，还让睡觉不！

也许老头耳背，也许弹棉花声太大，也许窝棚上有滴滴答答的雨声，老头并未停止动作，砰砰砰，砰砰砰，声音依旧让人心烦。

便有同学嘴里不干净了，骂骂咧咧。

我去一下吧。下铺的汪小强说，我给老头说一声，让他别再弹了。

算了算了，你去了他也未必听。同学蒙头说，其实老头也够不容易的，这么冷的天还得不停地干活。

校墙外的窝棚同学们早看见了，很简易地搭着，周围是破旧的木板，棚顶是块黑油毡。深秋的季节，里面应该已经很冷了。

汪小强一会儿便回来了，呵呵着问，你们听听还有声音吗？同学们忙伸出头，那刺耳的声音果然没有了。有同学问，你怎么给他说的？他就听了？

汪小强嘿嘿着说，他听，他不听咋中呢。同学担心起来，问，你没有对老头无理吧？汪小强说，没有没有，不过他得听。同学又问，哟，你还挺有点子，你咋说的？

汪小强说，我给他钱，我把他今天下午的损失全补给他，不让他弹了。

你给他钱了？同学们都不好意思，怎么能让你补钱呢。同学们嘴上没说，但心里清楚，全寝室数汪小强条件最差，没了娘，爹又年迈，学费都紧张。

同学们问，你补他多少？我们凑凑给你吧。汪小强难为情地说，不用，不用。

没有了弹棉花声，可同学们仍然没睡好，都觉得太委屈汪小强了。

枯叶片片坠落，转眼已到初冬，窝棚里的弹棉花声却一天也没停止过，砰砰砰，砰砰砰。同学们每次路过窝棚就格外留意老头。弹棉花的老头干瘦，弓腰，但皱巴的脸上却乐呵呵的，写满了满足。

同学们都很同情弹棉花的老头，有需要翻新的被褥都让他做。粗手大脚的老头却很灵巧，砰砰砰，砰砰砰，经老头一阵拍打，发硬的棉褥重新变得又软又柔又暖和了。

每次都是汪小强争着送被褥，汪小强说，我送去肯定便宜。果然，汪小强送去翻新的棉褥收费最低，同学们问汪小强，汪小强说，能不便宜嘛，我补过他损失呢。

零零星星地飘起了雪花，冬天说来就来了。这天晚饭，同学们突然发现汪小强不见了，问班长才知道汪小强请假了，说是感冒，去医院看病了。同学们都埋怨汪小强，有病了怎么不给寝室的人说一声？也派人陪他去呀。

晚自习不见汪小强。马上要熄灯了，仍不见汪小强回来，寝室的同学紧张了，是不是路上出了意外？

大概天气太冷，弹棉花的老头走了，校墙外没了弹棉花声，静得可怕。消息迅速转告班长，班长飞似的跑去打电话，告诉班主任。班主任也急得声音颤抖，还愣什么？分头去找呀。

于是在班长带领下，抽出十个人，两人一组分头去附近五家医院找。

汪小强出了事，怎么给他年迈的老爹交代啊？纷纷扬扬的雪花打在脸上，冰凉。地上已积了散雪，很湿滑，同学们的脚步却迈得飞快。

楼上楼下嗒嗒地跑，终于隔着窗户看到了汪小强。这时的汪小强正端着碗给人喂饭，同学趴在窗户上一看，躺在病床上的人却是那个弹棉花的老头。原来他是出来照顾那个孤苦伶仃的老人，同学们一阵感动。

同学们刚想推门进去，却听到汪小强喊了一声爹。汪小强说，爹，你吃呀吃呀，吃下去就好了。弹棉花老头推着碗说，你也吃，也吃，你也还没吃饭呢。汪小强便跟爹推来推去，推那碗冒着热气的鸡蛋面。

同学们看了，鼻子一阵酸，扭头走了。

第二天傍晚汪小强才回学校。同学们便笑着问，好了？汪小强呵呵着说，好了好了。

这天夜里，校墙外的窝棚里又传出“砰砰砰”的弹棉花声。寝室的同学都为这对父子感动，翻来覆去睡不着。

汪小强误会了，问，是不是弹棉花声音太大了，我去给老头说说，让他明天再干。

别别别。同学们都说，已经习惯了，你听听那“砰砰砰”的声音多好听，听起来仿佛是首最美的打击乐啊。

同学们说完都蒙了被子，在被窝里偷偷地流泪。

汪小强惦记着窝棚里的爹，夜里没睡好，直到黎明才迷糊着。汪小强醒来天大亮了，寝室里已没人。汪小强担心爹，急忙奔下楼去，一看眼窝儿便湿了。寝室里的同学正在积雪里，手传手给爹的窝棚里送煤球。

太阳出来了，滴答滴答，爹棚顶上的积雪正一点点融化。

陪你走天涯

○卫宣利

她没想到这辈子还能走出去。

年少时，她有个周游世界的梦想。丽江山水凤凰古城，三毛笔下的沙漠，普罗旺斯的熏衣草……她梦想着有一天，牵着爱人的手，潇洒地轻装上路，天涯海角把风景看遍……可是后来，她不这样想了。事实上，自从在那场意外的车祸中醒过来后，她就不那样想了。一个失去了行走能力的人，天涯真的成了梦，遥不可及的梦。

她蜗居在黑暗的小屋里，门外斜斜的一束光线，半架葡萄，簸箕大的一方天空，是她全部的世界。双腿禁锢了她的行动，却禁锢不了一颗长了翅膀的心。每日每夜，她在电脑上敲下对这个世界的想象和向往，敲下生命中的美好和感动。那些文字呼啦啦地飞出去，不仅为她带回赖以生存的稿酬，还带回来一个男人。男人说，愿意照顾她一辈子。

他不是她理想中的男人，但为了生活，她知道她得接受。新婚之夜，男人问，这辈子最大的梦想是什么？

她瞪他一眼，说，这还用问吗？当然是有一双行走自如的腿了，这样我就能到任何我想到的地方，实现周游世界的梦。可惜……黑暗中，她忽然泪湿了脸，泣不能语。

男人疼惜地抹去她的泪，握住她的手，说，以后，我就是你的腿，我来陪你走天涯。

婚后，她依然写字换生活。为了照顾她，他没有出去工作，在家炒股。每天，他基本上都在围着她转。为她削水果、修电脑、洗澡、按摩，推她去散步、去邮局和银行，替她照应她的父母……日子稠得像树叶，他像忙碌的陀螺，围着她不停地旋转。她想，他要陪她走天涯的承诺，不过是宽慰自己而已。

却没想到，第一个结婚纪念日，他送给她的礼物，竟是两张本市的旅游年票。60块钱一张票，可以看50多个景点。他说，以后每个双休日，我都带你出去游玩。她诧异地看着他，男人就红了脸，不好意思地搓着双手说，今年股市行情不太好，只能委屈你先看看近处的风景。

此后，果然每到双休日，他就推着她四处游逛。近的地方走着去，远点的，坐公交车。后来，他嫌公交车上下不方便，就动手改造了一辆“电动轮椅车”。他把轮椅和电动车焊在一起，前面是轮椅，后面是电动车。她坐在前面，他骑在后面。就这样，一年中，他们把附近的风景看了个遍。

第二个结婚纪念日，他送给她两张飞丽江的机票。他仍然红着脸，不好意思地说：可惜股票赚得不多，不过一样可以带你去玩。

她惊讶，心里有丝丝的暖流涌过。原来，这个貌不惊人的男人，一直用他的努力，一点点帮她实现梦想。出发前，她忐忑不安，絮絮叨叨地问他：你行吗？那么远，上上下下的，还带着我这么重的“行李”……他只笑不语，有条不紊地收拾行李，推着她赶机场大巴，办轮椅托运，背她上飞机。直到飞机穿过厚厚的云层，翱翔在碧蓝的天空中，她才相信这不是梦。她倚在他的怀里，止不住地落下泪来。

第三个结婚纪念日，他带她去了海边。那是出生在中原的她第一次看到大海，大片大片蓝色的海，空气中有微咸的潮湿。他抱着她踏过沙滩，把她放进海水里。海浪冲过来，她快乐得尖叫。

他在沙滩上堆房子，有长长的栅栏，高高的楼阁。然后闭上眼睛，双手合十。她奇怪，问他：在许愿吗？他羞涩地笑，说，我希望下辈子就生在这海边，住在这样的房子里，和你一起结网打鱼，日出而作，日落而息。

她的脸红了起来，这样简单的话语，却让她怦然心动。她目光热切地望着这个男人，也虔诚地双手合十，她要感谢上苍送给她这样一个男人。如果之前所受的磨难，是为了等待这个男人，她想她是愿意的。